·文学新观赏·青少年读写范典丛书·

爸爸也是害虫

戴宝罡 | 著

花山文艺出版社

图书在版编目(CIP)数据

爸爸也是害虫 / 戴宝罡著. —石家庄：花山文艺出版社, 2013.6(2021.6 重印)

（“读·品·悟”文学新观赏·青少年读写范典丛书）

ISBN 978-7-5511-1022-8

Ⅰ.① 爸… Ⅱ.① 戴… Ⅲ.①小小说–小说集–中国–当代 ②散文集–中国–当代 Ⅳ.①I217.2

中国版本图书馆 CIP 数据核字(2013)第 112201 号

丛 书 名：文学新观赏·青少年读写范典丛书
主　　编：高长梅　王培静
书　　名：爸爸也是害虫
作　　者：戴宝罡

策　　划：张采鑫
责任编辑：董　舸
责任校对：齐　欣
特约编辑：李文生
全案设计：北京九洲鼎图书有限公司
出版发行：花山文艺出版社(邮政编码：050061)
（河北省石家庄市友谊北大街 330 号）
销售热线：0311-88643221
传　　真：0311-88643234
印　　刷：永清县晔盛亚胶印有限公司
经　　销：新华书店
开　　本：710 × 1000　1/16
字　　数：145 千字
印　　张：10
版　　次：2013 年 7 月第 1 版
2021 年 6 月第 2 次印刷
书　　号：ISBN 978-7-5511-1022-8
定　　价：36.00 元

读，是为了更好地写

高长梅

阅读的目的是长见识，是提升自己的文化素养。这是“读”的基本意义。

很多时候，我们的阅读也无任何的目的，就是为了消遣，为了解闷，为了打发时光。其实，这是“读”的另一种境界。

但对学生乃至爱好写作的人而言，“读”还是为了“写”，即人们常说的“读写结合”。这，却是大有讲究的。

“读什么”，“怎么读”，“读”如何促进“写”，这个问题困扰人们少说也有两千多年了。外国不言，单说我国自《诗经》始，《四书五经》到《千家诗》《古文观止》《唐诗三百首》，哪一个的“读”不涉及后人的“写”？“熟读唐诗三百首，不会作诗也会吟”就说明了“读”和“写”的朴素关系。

“读”于“写”的第一点，当是语言的积累。对绝大多数人而言，“会说”也“能说”几乎是与生俱来的，但这些不一定就是我们写作的语言。即使你“会说”、“能说”，但不一定能准确表述你的想法，你的所见所闻；尤其是不一定能用丰富的、生动的、形象的语言或简洁的、凝练的、科学的语言来描述人或事物或观点。写作当如建房，没有各式各样的语料积累，其结果可想而知。巧妇难为无米之炊，再牛的能工巧匠没有基本的建筑材料他也盖不起房子来。但语言积累，不是简单的语言记忆，要内化为自己的，要在自己的胸中发酵，要让它带上自己的思想、情感。这样，在写作运用时，就不会是简单的模仿甚至抄袭。即使是原句引用，也会与你的文章融为一体，恰到好处。初学写作者，常常苦恼自己词汇少，不能准确表述自己的思想;或苦恼自己写得干巴巴的,没血没肉;或苦恼自己虽写得字通句顺,却不像别人写的那样摇曳多姿;等等。多积累语言,是根治这种“疾病”的唯一药方。因此,我们在“读”时,就要看别人是怎么用字、怎么用词、怎么用句……来描写、叙述、来情、议论的。

“读”于“写”的第二点,当是技巧的化用。“我手写我心”,看似简单轻松,看似随意,但正如建房,砖头、瓦块、木料等都摆在了你的面前,却不是任何人都建得了房的,你得有建房的技能。写作也是一样,你得掌握一定的技巧。人物怎么描写,事件怎么叙述,情感如何抒发,道理如何论证,等等,你得掌握其基本的方法,然后才能“心到手到”,写出一篇像样的文章。我们要像建房者,先做“小工”,看人家是如何砌墙、如何粉刷的;然后做“匠人”,亲自实践,在模仿中掌握其方法,逐渐为我所用;“匠人”做多了,熟练了,就成了“师傅”。“师傅”一级,技巧娴熟,房建得漂亮。而用心的“师傅”爱钻研,爱琢磨,结合他人的方法创造出更好的新方法,他就成了“建筑师”。写作同理。我们不少阅读者,语言的积累比较重视,但琢磨人家写作技巧的不多,所以文学爱好者不少,但成为作家的就少多了,原因大概与这有一定的关系。因此,我们在“读”时,就要看别人是如何选择材料、如何谋篇布局、如何安排结构、如何运用表达方式、如何布置情节……看他们如何安排重点、如何把人物写活、件、如何条分缕析丝丝入扣、如何巧妙起承转合……

“读”于“写”的第三点,当是思想的融合。有了语言的积累,也掌握了一定的技巧,文章也写得是这么一回事了。但你的文章仅仅止于此,那也不过如同一栋能住人的房子而已。一篇文章品质的高低,除了语言的准确、生动、丰富、优美、灵动……除了构思的奇巧、结构的多元、情节的波澜、布局的精妙、手法的多变……是否有思想就显得格外重要。我们常说,这篇文章语言优美,构思巧妙,但立意不高。我们还常说,这篇文章不仅语言优美,构思巧妙,而且立意高,有思想。一篇仅靠语言打扮的文章,就好比一个俗人涂脂抹粉；一篇仅靠卖弄技巧和语言的文章，就像一个没有灵魂的美人卖弄风骚而已。语言可以记忆，技巧可以模仿，但思想要靠领悟，要融入作品之中去反复地阅读，要从深层次去寻找作者的精神。有的人的文章写得很美，技巧也妙，但就是没有深度，没有思想，没有灵魂，没有底蕴，往往就事论事，往往只是当复印机，复制了场景，复制了人物，复制了事件，但都是没有活力，没有生气，没有精神的。在阅读中提升自己的思想，的确常被我们忽视。思想靠别人的潜移默化来，精神也靠别人的影响而来。我们常听说在阅读中提升了自己，净化了自己，受了一次洗礼似的教育，等等，大约就是指这些吧。所以，我们在“读”时要琢磨别人是如何通过人物的描写表现人物的思想、精神，琢磨别人如何通过将一般人眼中的小事、凡事写出其社会价值，琢磨别人如何从一滴露珠看出太阳的光芒……如何选择语言材料最准确、最鲜明地表达出思想内容而非干巴巴贴标签，如何通过景、人、物悟出其蕴含的道理而非故弄玄虚牵强附会……

“读”于“写”的第四点，当是情感的交融。文章当有情，无论你是否抒了情，情就不自觉地流出了你的笔端。阅读中，我们除汲取作者的语言养料、技巧养料、思想养料外，还要品味、感受作者的“情”。与作者同悲，与作者人物同喜，置于作者笔下的优美环境而赏心悦目，等等。这就是受作者之“情”的“滋润”。文章是否感人，除了语言、思想外，有无“真情”很重要。朱自清的《背影》靠的是“情”的打动，鲁迅的《记念刘和珍君》这篇“血写的文章”其实靠的也是“情”的喷发。一篇只有华丽的语言而无思想的文章犹如没有灵魂的躯壳；一篇即使有非凡高度思想而无情感的文章也不过是一具可能具有文物考古价值的木乃伊。但“情”在文中的宣泄如何把握，这也是我们在阅读中要学习的。这也是我们常犯的错误。写作中我们或无病呻吟虚假瘆人，或情溢滥觞叫人发腻。让“情”如何恰到好处，非向好文章学习不可。这样，我们在“读”时，就要仔细琢磨别人是如何选择写作语言表达出作者的喜怒哀乐之情，如何传递作者人物的喜悦、哀思、忧怨、恋情，或深、或浅、或缠绵、或热烈，或似小溪的舒缓、或似大海的波涛、或似斗室之花的温柔、或似山野之花的奔放……看作者如何褒贬对象，看作者如何措辞达意致情，看作者如何巧借人、事、景、物以寄寓情感……

“读”于“写”的第五点，当是风格的鉴赏。所谓风格，它是一个作家成熟的标志，是作者在文章（文学作品）中表现出来的艺术特色和创作个性。我们鉴赏其风格，主要是学习他如何创造和完善文章（作品）的风格，也就是看作者在处理题材、驾驭体裁、描写形象、表现手法、运用语言等方面各有什么特色，最终形成了怎样的风格。这些风格，最后成了一个作家个性化的标志。当然，这是“读”的高要求了。琢磨多了，实践多了，很多写作者也形成了类似的风格，便也融入了原作者的风格之中，也就形成了“派”。比如“荷花淀派”、“山药蛋派”、“读者体”、“知音体”，等等。当然，也不能简单模仿，也要适时变化，否则当年散文必“杨朔式”、小说必“欧·亨利式”的文学闹剧就会重演。

习作者若能此，写出好文章就有可能了。

弄明白了这些，还有一个重要的问题是选择什么样的读物。读名著，当然好。但很多名著由于作者所生活的时代不同，社会环境不同，或阅读者的阅历不够，文化积累不够，不一定读得懂，更不用说借鉴于自己的写作了。

基于此，我们推出了这套《文学新观赏·青少年读写范典丛书》。这些作品，不是名著，但是属于好作品；没写重大题材，但大都真实反映了社会生活的变迁，人们精神面貌的焕然一新；没有高深莫测的技巧，但或平实、或奇巧、或清新可人、或浓郁奔放，更适合青少年读者学习、借鉴。

目 录

第一辑 爸爸也是害虫

爸爸也是害虫 /002

儿子要有大出息 /004

农民的儿子 /008

马大懒买官 /012

网毒症患者 /014

咕咕的小拉车 /018

咕咕的糖果店 /019

咕咕和克隆老鼠 /021

第二辑 舅舅家的狗

舅舅家的狗 /024

学“车”记 /026

割年肉 /029
找弹弓 /032
童年的年（上） /035
童年的年（下） /037
坐喜宴 /040
肥猪拱圈 /043
挖陷阱（上） /046
挖陷阱（下） /049
8岁那年洗年澡 /052

第三辑　别逼孩子，他不欠你什么

别逼孩子，他不欠你什么 /056
启蒙 /058
人生最像哪种“棋”？ /060
过年 /063
换笔经历 /065

第四辑　拯救

拯救 /070

狗东西 /072
神出鬼没的 110 /075
猎物 /077
师徒情 /078
局长的儿子爱王八 /079
救子归 /080
给儿子找点活儿干 /082
特制的垃圾袋 /086
空号 /089
送财神 /091
诚信无价 /093

第五辑 尴尬

尴尬 /096
预谋 /099
队长,给我留点 /102
三七二十二 /103
路遇 /105
送温暖 /106
想象力 /108
英雄的手枪 /110

同病相“连” /113
请把冰箱的灯关上 /116
我家没有小偷 /117
老爸的新“老伴” /120
想不到的嗜好 /122

第六辑　炸响需要的是引信

炸响需要的是引信 /126
局长家的旧家具 /128
我是一个傻贼 /131
市长手里的假币 /134
乡长之死 /137
鬼警察的故事 /138
如此增效 /141
单眼皮的儿子 /142
去岳父家祝寿 /144

第 一 辑

爸 爸 也 是 害 虫

爸爸也是害虫 / 儿子要有大出息 / 农民的儿子 / 马大懒买官 /
网毒症患者 / 咕咕的小拉车 / 咕咕的糖果店 / 咕咕和克隆老鼠

爸爸也是害虫

今年“十一”长假，我带儿子乐乐回了一趟乡下老家。

乡下不同于城市，“十一”期间正是庄稼收获的季节，人们忙于收获，过节的气氛很淡很淡。我和乐乐一进家门，我弟弟就高兴地说：“哥，您很多年没有干农活了，一时也适应不了，您就帮我放羊吧。”

这样，我和乐乐放下背包的同时就当上了羊倌。弟弟共养了30多只羊，其中还有两只刚出生不久的小羊羔。乐乐来到这个世界上才仅仅六年，这是第一次看见真正的羊，可想而知，他有多么的高兴。他一直想像骑马那样骑到羊的背上。羊们虽然温顺，但是也不想让人在它们的脊背上作福扬威，这样，我这帮忙人倒是忙活了一身臭汗，还差点把儿子摔伤，羊们惊得四处乱跑，也没有成功。我想了想，觉得不该再和儿子玩这个危险的游戏了，我出再多的汗都行，弄伤了乐乐可就麻烦了。因此我对儿子说：“乐乐，你忘了爸爸给你讲过的故事了吗？小羊是最温顺最善良的动物，是人们的好朋友，我们应该帮助它们，决不能欺负它们。来，爸爸给你讲故事。”

乐乐立刻偎依到我的怀里。他最喜欢听故事了。说实话，这些年，通过讲故事，我给他灌输了许多做人的道理和有用的知识。平时，乐乐一听我讲故事，就不停地问：“狼是好的坏的？”“大象是好的坏的？”“日本鬼子是好的坏的？”“公鸡是好的坏的？”……今天，我想给乐乐讲讲害虫和益虫的故事，正好是在金秋的田野里，身边有的是要讲的素材。

羊们在安静地吃草，我从地上找出一条蚯蚓，我告诉乐乐：蚯蚓是益虫，平时，它们帮农民伯伯疏松土地，并且它们的粪便还是上好的肥料；我又指着一只蹦来蹦去的蚂蚱说，它们是害虫，它们平时吃庄稼的根和茎；我还给他讲了青蛙、蛇、麻雀什么的，总之，我讲累了，也是因为在火车上没有休息好。我对乐乐说："故事以后接着讲，你好好看着羊，爸爸躺着眯一会，它们如果乱跑，你就叫我。"

我觉得刚眯着，弟弟就来推我。我一惊，醒来就问："乐乐呢？"弟弟微笑着一指旁边，见乐乐正抱着一只小羊羔，一本正经给它讲我曾经给他讲过的"狼和小羊"的故事："……狼是大害虫，它为了吃小羊，就找理由找借口，它太坏了，是个大坏蛋……以后，你到河边吃草时一定要小心，看看河边有没有大害虫——狡猾的狼，要是有呀，你要快跑，跑得远远的……"

我和弟弟会心地一笑。接着弟弟告诉我，他要抓只羊回家做烩全羊，给我们接风。

傍晚，回家的路上，我们远远就闻到了烩全羊的香味。乐乐问我是什么这样香，我没有立即将实话告诉他，我说，你叔叔呀给你准备了好多好多好吃的。乐乐高兴得一蹦三尺高，高兴地对走在他身边的小羊羔说："小羊羔，今晚上我们一起吃好东西。好东西就让好人吃。"

我们进了家门，院子里已经摆好了桌子，一大盆热气腾腾的烩全羊摆在桌子中央。乐乐没有马上扑到桌子旁，而是闹着要抱小羊羔一起吃饭，我只好给他苦口婆心地做工作："小羊羔要吃的是妈妈的奶，你听话……"这时，我弟弟撕下一块很大的羊腿肉送到乐乐的眼前："乐乐，你闻闻，多么香的羊腿肉，来，来，尝一块。"

乐乐一怔，他扑闪着大眼睛问："叔叔，你把刚才抓的那只小羊杀死了？"

"当然，要不你怎会吃到这么香的羊肉？"我弟弟说。然后递给我一块羊腿肉，"哥，你也尝尝。来，乐乐，快吃呀。"

我把羊腿肉放到嘴里大嚼："是很香，乐乐，叔叔给你，快谢谢叔叔呀。"

乐乐惊讶地看着我和弟弟大嚼羊肉的嘴，突然号啕大哭起来。我们全家人都慌了，一齐问："乐乐，怎么了？"

"爸爸，爸爸也是害、害虫！"乐乐一边大哭，一边喊。

"爸爸怎会是害虫？"我吃惊地问。

"小羊也没有咬你，也没有踢你，你们凭什么要杀死它？"乐乐抽泣着，愤愤地说，"爸爸说，大灰狼是大坏蛋，是害虫，它馋小羊肉时，就想些坏主意……爸爸馋小羊肉了，也想了坏主意，他骂大灰狼，他让猎人拿着枪赶跑了凶残的大害虫，是为了不让它吃小羊。我知道了，爸爸不让大灰狼吃小羊，是想留下他自己来吃……他是个，他是个大、大、大个的害虫！"

天啊，我怎么养了这么一个儿子？以后，我该怎样和他相处？

儿子要有大出息

现在，我乐得两个巴掌都拍不到一块了：知道吗？我儿子要有大出息了。

不过，如果让我想一想，也真挺后怕的。前天，有警察把两个抢银行的强盗追进了一个小胡同，两个强盗正急得要出现跳墙状时，恰好我儿子骑着新自行车向这边来。两个强盗也是混蛋，他们竟然把我儿子的新自行车当成了救命稻草。所以，他们张牙舞爪地扑上去，我儿子一时心惊，一家伙从自行车上摔了下来，于是，两个强盗夺过抢到手的自行车就要远走高飞，也是他们心急忽视了一个情况，这辆自行车可是近年来我家添置的最贵的奢侈品，当时购置时，我曾经点着儿子的鼻尖叫："你给我听好了，如果以后你敢把这辆自行车给弄丢了，留给你的光明大道可就剩下了两条：要么走着去上学，要么你就不要再去上学了。”我可不是吓唬他，自从他妈得癌症死后，我一边当妈一边当爸，连再找个老婆的心思都不敢有，在工地上舍着力气扛水泥，挣下的两个钱才刚够给他交学费的，他的自行车如果再任由小偷们偷来偷去，我活着可就没有一点希望了。俗话说：兔子急了也咬人，况且，我儿子还是个 14 岁的半大小子。见强盗要抢刚买的自行车逃窜，我儿子一个饿狼扑食抓住了那条蹬自行车的大腿。强盗到底是强盗，他们没有人性，他们为了顺利地抢到一辆自行车，竟然抽出了尖刀。不过，这两个混蛋哪里知道，我儿子在舍命不舍财方面可是最像我，面对尖刀我儿子岿然不动，为警察们的到来，争取了宝贵的时间。当然，在强盗被抓住后，我儿子也倒在血泊中。值得庆幸的是，经过医院检查，我儿子仅仅受了一点皮肉之伤。更令人高兴的是，为此，我儿子被市里推荐为“见义勇为先进个人”，市里的领导还亲自接见了他以及陪床的我，并向我们承诺：我儿子此次的住院费用不但全部报销，还要奖励我儿子两万元钱，同时，全市还要开展向他学习的号召。最关键的是，为使活动开展得轰轰烈烈，市里要尽快组织报告演讲团，让我儿子缠着绷带去礼堂全方位地演讲先进事迹和其成才经过。

市里的领导表态后，我儿子被安排进了特护室进行治疗，有专门人员陪床护理，我则被请进了儿子的学校，和老师们一起给市里安排来的写作班子讲儿子生活及学习中的点点滴滴。

写作班子是两个人，一个是宣传部的宣传科长，另一个是本市挺出名的作家。实事求是地说，两人的水平就是高，我刚讲了三句话，作家就努着嘴朝我很不满意地摆手，我赶紧停下来，老老实实谛听吩咐。作家很严肃地问我：“你愿意让你的儿子出名吗？”

我被作家的这句话问得莫名其妙，真还不知道怎么回答才好，这时，我儿子的老师连忙屁颠颠地说：“出名好呀，出了名，你家的日子可就好过了，你再也不用愁儿子的学费了，并且，考大学也可以……”旁边的宣传科长被老师的这句话给气乐了，他点着老师的脑袋用鼻子哼气：“他儿子如果真出名了，恐怕你再见面的机会也就不多了。也许呀，因为你培养了这样优秀的学生，也会升任校长呢。”

我一听儿子出名了连老师也会跟着沾光，连忙鸡叨米一般点头。作家不再理我，沙沙沙地在纸上飞快地写字，过了一会儿，他招手把宣传科长唤过去，科长探着头仔细地看着那张纸，然后很佩服地点头，最后一拍大腿：“高，实在是高，这演讲稿子真鼓捣出来，一个英雄明星就诞生了。”我一听儿子不但能变成英雄，而且还能成为明星，连忙也往作家的跟前凑，科长看我靠过来，就使劲地拍我的肩头：“愿意为你儿子的成功，付出代价吗？”人家是让咱儿子成功和出名，不要说是付出代价，让我抛头颅洒热血咱都甘心情愿！作家和科长等我表明了态度后，就开始按部就班地写作了。

之后，我儿子头上缠着绷带，在市里的大礼堂里声情并茂地读着作家和科长写作的演讲稿，果然就感动了许许多多的人，许多人哭得一塌糊涂并咬牙切齿。我为儿子的成功高兴，但是，我却从此后说什么也不敢再承认我就是英雄的父亲。我怕呀，我怕愤怒的群众打我个万紫千红。为此，我去找作家和科长，他们没有好气地对我说：“策划，策划你懂吗？不这样策划，你儿子的演讲哪个人会愿意听？没有人听，没有人感动，没有人觉得惊奇，没有人感到刺激，你儿子怎样成名？”再以后，儿子的演讲稿登上了报纸，儿子的形象也上了电视，儿子如愿以偿地成为了家喻户晓的名人，再以后，儿子开始根据作家和科长的“策划”编写自传，据说有三家出版社在争着出版，有一家出版社甚至还提前支付了儿子10万元钱——是这本自传一半的稿费。据作家和科长推测，儿子的这本自传出版后，肯定会拍成一部获奖的电影。当然，我也推测了一下，我估计，儿子的这本自传出版后，我死定了，不是让人打死，就是自己羞死，也保不定会让已经变成厉鬼的祖先们给勾了魂去。思前想后，我下手了，我把作家和科长的“策划”从儿子的写字台上偷走了。看着这个“策划”，我忍不住掉下了眼泪，儿子的父亲怎么会是这个德行呢？

“策划”中涉及儿子父亲的共分这样几部分：

其一，每当儿子做错了事，父亲在毒打他以后，都要把他关进厕所，有一次，有三天让儿子待在厕所里，不给儿子吃一口饭，儿子闻着大便都觉不出臭了……

其二，父亲是个酒鬼，每次喝酒醉后都要大耍酒疯。有一个冬天的夜晚，他喝醉酒后，竟然把一盆凉水泼在了儿子的被窝里，而儿子那时刚刚写完作业要躺下休息……

其三，父亲对母亲大耍淫威，隔三岔五就会把母亲打个遍体鳞伤。为了不让儿子听到母亲声嘶力竭地哭叫，父亲就把毯子、褥子、被子等等一齐盖到儿子头上，那次，儿子差一点憋死，而母亲却自杀了……

……儿子就是在这样窒息人生的环境中苦苦挣扎最后终于茁壮成才的。儿子每当遇到这形形色色的苦难，想到的第一句话就是：我有这样一个父亲，我不努力，我不奋争，我的人生就会变成像父亲一样的垃圾。

老天呀，这肯定是我上一辈子得罪了哪个作家和科长，否则他们怎么能够这样恶毒地帮助我儿子成名呢？

我正想把这几张恨我死晚的“策划”撕毁掉，恰好我儿子从门外赶来，他看见我手里的纸，马上明白了怎么回事，儿子的眼泪立刻流了下来，他“扑通”一声跪在我的跟前：“爸爸，我对不起你，我，我……”

我还没有醒悟过来，突然，觉得眼前一片的闪光灯在刺眼地亮：坏了，记者在拍照！我敢肯定，我“逼迫”儿子哭泣下跪的照片，明天肯定会栩栩如生地在各大报纸上闪亮登场。

农民的儿子

我有一个继父，我6岁那年，我和娘到了他家。我承认我的命非常苦，在我10岁的时候，娘病重离世，后来继父就一直和我过。也许是为了我，继父再也没有娶老婆。

继父对我非常好，我发自内心地说，恐怕亲爹活着，我也不会得到那样的好生活，有一个明证就是，我是我们那个小穷村的第一个大学生。许多年以后，我大学毕业了，分配到了理想中的单位，还有幸娶了一位漂亮的城里姑娘。我为了报答继父，想接他来城里享福，可继父说什么也不愿意离开乡下，他总是对我说：我喜欢乡下，这里有新鲜的粮食。

活该老天成全我的孝心，医生在继父他老人家的肾脏里发现了一粒花生大的结石，乡下的医院觉得棘手，我就赶紧把他接进城里。继父肚子里的结石对城市的医院来说是小菜一碟，可我做梦也没有想到在治好病的同时，我会彻底得罪了他。

那天，为了庆祝继父痊愈，中午，妻子烧了好多菜，还买了二斤冷冻水饺煮了吃。因为天热，吃剩的水饺忘记放到冰箱里，做晚饭时，妻子用鼻子一嗅，发现稍微有点异样，她就一股脑儿全部倒进垃圾桶里，不料正好被继父看见，他立刻急了："你、你这是干什么？"说着，一大步冲到垃圾桶边，迅速从桶里拣出已经粘上脏物的水饺，又急急地放到自己的饭碗里。妻子在旁边说："馊了，爸爸，不能吃了。"

“谁说不能吃？”继父白了妻子一眼，用嘴吹吹饺子上的脏物，就一个一个地往嘴里填。妻子惊得张大了嘴：“爸爸，脏呀——”

继父一边艰难地咀嚼，一边孩子般地笑着说：“不脏，好吃。”

那时，我正在客厅里和几个文友聊天，妻子的尖叫声惊动了我们，当我们赶到厨房时，继父正把那几个脏水饺吃得津津有味。为了继父的身体，更为了在文友跟前保住我们爷们的面子，我一把夺过继父手里的饭碗：“爸爸，你不知道脏呀？快把嘴里的吐了！”

“怎么就脏了？我吃着挺好吃的，你们不爱吃我吃，别浪费呀！”继父把嚼好的一大口饺子使劲咽了下去，又来夺我手里的饭碗。

“干什么你？”我一手推着继父的身体，一手把碗里的脏饺子全倒进了垃圾桶里。

“你……”继父脸上的笑凝住了，两眼直勾勾地看着我。

“你什么你，又没有饿着你，真是！”我拎起装着饺子的垃圾桶出了门。

到第二天清晨，我才知道闯祸了：继父不见了！我，我的朋友，还有公安局的同志们，为了帮我找到继父，我们整整两天两夜没有睡好觉、吃好饭。第三天早晨，我接到一封电报：“父病危，望归。”

天哪，接到这封电报，我的腿直哆嗦：爸爸呀，您可是好大的气性呀，儿子千差万错，您骂也好，打也罢，可不能上火呀！我赶回老家时已是中午了，只见继父光着黝黑的脊背坐在无遮无荫的天井里，任太阳暴晒，他的旁边是四个肮脏的农药瓶子。我惊呆了，继父他……继父的样子让我说不出话来，我张着大嘴直喘粗气。

“我在等你。来，你坐。”继父指指我带的大旅行包，他的意思是让我坐到包上，然后他又说，“我养了你二十三年，你也算是救了我一条老命，咱俩两顶了吧，从今往后谁也不欠谁。”“爸爸，您有话，咱进屋说不行？”我擦着汗说。我想：不管是出了啥事，只要他老人家身体健康，那就是最大的幸事。我知道，继父是因为饺子的事把我招回家的。我是农民的儿子，农民对粮食的珍惜之情我是理解的，我愿意甚至是盼望继父批评我或者骂我打我。“爸爸,您是我的亲爸爸,您的恩情我几世几代也还不完。爸爸,今天我回来了……您就原谅我一次吧?”我说着,眼泪扑簌簌地滚了下来。

继父好久没有说话,最后才叹了一口气,说:“嘿,我也知道,当时你是为了我的身体,也是好心……好了,你别孩子气了。既然回来了,就帮我干点活吧。趁着中午的时间,咱爷俩到苞米地把这些药喷上。”继父慈祥地笑着,“我真的老了,不行了,背不动喷雾器了……地里的害虫可海了,再不喷药,今年就没啥收成了。”

“爸爸,咱中午去喷药?你不想让咱爷俩活命了?”我知道,在炎热的三伏天,中午去地里喷药是很容易出事的,所以急着阻拦。

“就你的命贵?你知道什么,只有中午,害虫才最容易药死。你爸我就是这样喷了一辈子农药,你不想替我干就算了,你回你的城吧。”继父说着就站起来,气呼呼地收拾农药瓶子。

我不能再说什么,在这时候,我即使死了,也不能让我的不孝使继父的心受到伤害。我只能背起喷雾器,跟随着手拿四个农药瓶子的继父,走进了灼人的阳光,来到我已经久违的田地里。多好的玉米呀,已经长到我的胸口了……

临到往喷雾器加农药时,继父用征求意见的口吻对我说:“四种农药一齐加吧,也省得跑些冤枉路。”我没有言语,我想反正我是你儿子,你看着办吧。

头上是没有遮拦的阳光,背上是超负荷的喷雾器,身下是密不透风的玉米,说实话,这样的劳动我早已不适应了,但是,我只能默默地干,因为我的继父正在用这种形式和我探讨孝顺和忤逆的问题,我不能一错再错,不能再让他老人家生气。我仅仅喷了一行,就真的受不了啦,我浑身全是汗,背上被喷雾器压得火辣辣的疼,最关键的是,我背上的那只老化了的喷雾器,一直在漏药水,我的身上一刻不停地流淌着四种剧毒的农药溶液,它们侵蚀着我的肌肤,随时都可以结束我的生命呀!可我的继父竟然这样无情,他难道因为那几个饺子就要剥夺我的生命?想到这些,我觉得天旋地转,口干舌燥，我觉得身上已经没有汗水了，身体里也没有鲜红的血了，我身上除了毒药还是毒药。我突然渴望起死亡，我想给继父一个无法挽回的懊悔，把他给我的这个无情的报复再还给他……我偷偷看一眼站在地头的继父，见他正对着一棵玉米淋漓尽致地撒尿，嘴里还豪迈地唱着：

干，干，干，咳，
我们要大干！
干死那虫子，
我们好吃饭……

我几乎绝望了，一狠心，便把喷雾器的喷头举到了自己的脸上……

我当然没有因为这个举动死去，最后还是回到了我居住的城市，回到了我妻子的身边。当我垂头丧气地坐到饭桌前、毫无食欲地举筷子时，妻子递给我一张纸。

"什么？"

妻子说："你爸爸拍给你的电报，比你早到四个小时。"

我的身体忍不住颤抖起来："什、什么事？他……"

"你咋了？"妻子不解地问，然后给我念电报："我儿，四瓶农药全是助壮素……哎，你爸爸给你说的是什么意思？"

我像被抽了筋骨一样瘫倒下来，我似乎看到继父正在瞧不起似的向我眨着眼睛。我望了妻子一眼，答道："爸爸讲，粮食就是生命。"

马大懒买官

马大懒这几年想当官想得眼蓝。当官多好呀，要嘛有嘛，吃嘛嘛香，最关键的是可以不干活还能指手画脚，而别人还得老老实实地听。所以他像个病人乱投医一样，逮谁让谁介绍经验。有算命打卦的让他移床改门，他就让人把正正当当的大门堵死，把窗户刨成了门，又把卧室改成厨房，把厨房改成会客厅，目的就是为了让床待在个好方向。有人告诉他，想当官你光干这些不行，这年头，事在人为，你得多和当大官的笼络感情，时不时地要送礼品送钱才行。马大懒想想真还这样一回事，没人行贿哪来的贪官，贪官都是些吃人嘴短，拿人手软的家伙，他们吃我的用我的肯定帮我办事。

后来，马大懒才知道自己的命有多苦，他竟然没有遇到一个贪官，也就是说他拎的礼品没人要，包钱的红包没人接，他所接触的官员一个比一个清正廉洁、一个比一个道貌岸然。其实，他马大懒不知道，现在他也算是懒出大名的人了，人人都知道逢懒必穷。先不说他这样穷的人会有什么好礼品，会尿里撇油地积攒出多少钱，能让贪官们喜欢，仅是一旦让他这样的人当了官，谁让他当官谁就有可能倒霉。他这样穷，当官必定是雁过拔毛的贪官，用不多久就得让人抓出来，以后一审一问，就得拔出萝卜带出泥，也就是说谁提拔他谁以后跟着进监狱。

这天，马大懒正躺在床上想主意，儿子马喜闲放学回家了，一手叉腰一手拉他的胳膊："爸爸，快起来，给我做饭！"

"去去,先自己找点吃的去,等爸爸当官了,雇个保姆专门给你做饭。"马大懒一转身子,脸朝里了。

"爸爸,你不是说咱家谁当官了,其他人都要无条件服从吗?告诉你,今天老师任命我做了班干部。"

"啥?你当了班干部?"马大懒一个鲤鱼打挺站起来,惊喜地问:"你,你当了什么官。"

"劳动委员。"儿子趾高气扬地说。

"啊呀呀,我的宝贝儿子呀,爸爸奋斗了大半辈子都没戏,你才多大就超过了我。看来老子是不如你呀,看来还是我儿子你有官运呀……你这劳动委员在社会上就相当于劳动局局长。行了行了,只要儿子你有官运,爸爸今后就是砸锅卖铁也供给你,以后我就先疏通关系,让你当班长,也就相当于社会上的市长……"马大懒激动得两只眼睛发亮。

"爸爸,你赶紧下床给我做饭!"马喜闲板着脸命令道。

"好好。"马大懒听话地下了床。他心里美滋滋地想:还别说,我儿子真还有当官的气质和派头。想到这,他对儿子讨好地说:"儿子呀,以后真当了市长,可别忘了我是你的爸爸呀,说什么也安排爸爸当个一官半职的,怎样?"

"好,好。我知道了。"儿子答应了,把个马大懒高兴得手舞足蹈。

整个下午,马大懒都在高兴地盘算,他想,现在把投资的方向转向儿子也不算晚,儿子现在上的是四年级,马上就是五年级、六年级,现在是劳动局长,自己马上到他班主任那里活动活动,以后当班长(相当于市长)是可能的,再以后,入团入党,分配好工作,再当科长、局长、市长……天啊,闹好了,当省委书记、中央部长都是有可能的,那么,以后,我想当……

晚上,马大懒装上别人退回来的红包,鬼鬼祟祟地摸进了儿子马喜闲的班主任家。

班主任看着马大懒递上来的红包:"你想让你儿子当班长?可惜,他连劳动委员干得都不称职,今天下午我已经宣布不让他干了。"

好像一盆凉水浇头，马大懒凉了心：“为什么？为什么？我的好老师呀，你可千万不要撤他劳动局长的职，你说需要什么，抛头颅洒热血我也办到……可怜可怜我家吧，这么多年来，我家好不容易出了一个当官的呀……”马大懒说着说着泪都流出来了。

看着马大懒的样子，班主任又好气又好笑：“你说你的儿子怎么会这样懒？本来考虑到他太懒，我让他当劳动委员，想他也许会以身作则，改变懒惰的坏毛病。不想他当了这劳动委员后，更懒惰了，不但自己值日的卫生强迫别的同学打扫，并且钢笔水让别人替他吸，铅笔让别人替他削……他这才当了个劳动委员，如果我让他当了班长，他不得连学习也让别人代学呀……”

马大懒傻眼了，他家的懒惰可是祖传，他再怎么想当官也不能让儿子忘本呀。

网毒症患者

凌晨四点，助手跑进我的实验室惊恐失措地报告：有人送来了一具尸体。我一惊，从电脑上探出脑袋：“是，是我们曾经诊治过的吗？”“不是。”助手说完，见我满脸的不悦，又说，“是咱市柳市长的宝贝儿子，他恳请您马上去。”

柳市长是实权人物，我当然要马上去。

我的办公室里已经拥满了人，我穿着白大褂严肃地走进去。这时，一个白胖子焦急地迎上来，我认出来了，正是柳市长。我皱皱眉头，不客气地说："闲人先出去！"我的话音刚落，有人就听话地往外走，但也有人犹犹豫豫地徘徊，要走又不愿意走。"请问林教授，留，留几个人？"柳市长擦着胖脸上的汗问。"一个。哦，两个吧。"我的规矩是办公室里只留一个家属，可是，对方是柳市长，我也只能破例了。

我的办公室里安静下来。我翻翻死者的眼皮，问："怎么回事？"

"柳超太爱电脑了，每时每刻都在互联网上。嘿，柳市长也是为他好呀，要控制他的上网时间。"柳市长的秘书说，"可是管不了呀，愁得没法，想给他断粮，可是，这柳超照样有精力上网，后来，后来，柳市长就把他关在小屋子里，还砸毁了他的电脑。起初，柳超坐在电脑桌前一动不动，后来……突然就没有呼吸了。"

哦，又一个网毒症患者。对于这样的患者就像对待重度吸毒品者，强硬地戒除是会损坏患者的身体的。

"放心吧，他还没有脑死亡，是能够保全生命的。"在助手对尸体进行检测后，我郑重地告诉柳市长。同时，告诉他，可以先到休息室去等待，我要运柳超去我的实验室，在那里，我要帮助柳超戒除网毒。

我让助手把柳超的身体固定在椅子上，把他那两只僵硬的手放在桌子上的电脑键盘上，把他的两只脚上绑上了高压线。然后，我低声地吼："三、二、一，开始！"

随着我的口令，助手按下了高压电钮。"啊——啊，啊呀……"第一声是柳超的惨叫，第二声就是欢喜的惊叫，以后便是愉快的呻吟了。他活了，与此同时，双手欢快地在键盘上飞舞，电脑的显示屏上立刻闪现出一个又一个漂亮的页面。

可以看出，他在网络上，是一个精灵，是一个精力充沛不知疲倦的精灵。

怎样让他自愿自觉地离开电脑，回到人的现实生活中呢？我原来的治疗方案有好多套，我的助手早就理解并可以独立工作了，况且我也该休息一会儿了。临别时，我叮嘱助手："循序渐进，不要急躁。"助手窝在电脑前忙活着，还不忘朝我坚定地点头。

可是，我刚睡着，愚笨的助手就过来推我的身体。“教授，教授……我，我……他，他……”以后我才知道，我的那几套治疗方案在用过后，柳超更振奋了。也就是俗话说的“偷鸡不成反蚀一把米”了，如果不能马上制服柳超，他将在五个小时后，无药可治。

“美女计用过？”我问助手。我这套方案中的美女都是精心制造的机器人，个个赛过貂蝉和妲己。“用过。但是，柳超的手指在键盘上一点，各色美女应有尽有……”

“金钱计呢？”我冷着脸问。在这套方案里，各国的钱币会围着你转，只要你能离开电脑，那些钱就会塞满你的口袋。“试过。可是，我们的钱币刚一出现，柳超的右手在鼠标上一动，世界各大银行的密码箱就为他打开了，那些珍奇珠宝，那些钱币……哦，足可以买下我们的城市……”从这点上看，柳市长肯定是个大贪官，否则，他哪里有那么多的银行密码箱？

“那，那悲愤欲绝绝户计呢？”在这套治疗方案中，患者的亲人会根据方案要求假装死去，哀乐和死亡氛围将笼罩住患者，使患者有亲临现场的感觉。“试过。可是，当我让柳市长和柳市长的爱人遇车祸死后，柳超仅仅是愣怔了一下，然后自言自语：‘死了好，早死早托生……要不以后事情败露了，不但小命保不住，闹不好一切都烟消雾散了。’”呵，这还是人吗？我哪里还顾得上睡觉？我急匆匆地回到办公室，让人把柳市长唤过来。

我紧紧盯着柳市长：“你不觉得是你自己害了自己儿子吗？”

“怎，怎么回事？”柳市长的胖脸上冒出了冷汗。这就够了，这些汗就证明他也是人，只有人才有惧怕的。“把你那些钱都……”我还不待说完，市长点头如鸡叨米：“我都捐献给慈善事业，捐献给……”我也不等他说完，就大踏步地迈向实验室。

只要是人，我就有办法，因为人，才有七情六欲的。

柳超在我提供的电脑上行侠仗义。我冲他年轻的背影笑了笑，然后坐在我的实验台上，点开了一个美妙的页面。

这时候，柳超面前的显示屏上会出现他英俊的面孔，当然，也就在他冲自己做鬼脸的同时，显示屏里的面孔开始腐烂。当然，在他看自己的双手时，腐烂也由他的手指开始向手腕处腐烂，仅仅一刹那，血肉就开始往键盘里渗，他的双手露出了嶙峋的白骨。

“啊！……”柳超一声惊叫，双手迅速地离开了键盘。他细细地看他的手。起初，是白骨烁目，一会儿，这双离开键盘的手就慢慢地长肉，长皮，许久，又恢复得和原来一模一样。柳超不理会了，他把手再次按在键盘上。呀，奇迹再次出现了，手上的肌肉再次腐烂，并逐渐向胳膊和肩头发展。柳超也许想到这是幻觉，他不管不顾地继续点击键盘，可是，肌肉腐烂过后，他的骨指也在折断，折到了手掌，折到了胳膊，折向……他已经可以透过白骨看到“砰砰”跳动的心脏。

“呀呀呀……”柳超狂叫着离开了键盘。我一阵冷笑：哼哼，你只要是人，你可以对别人不管不顾，但你肯定珍惜自己的身体和生命！

“坏蛋，你弄些什么病毒在折磨我？！我一定要破解，破解……”柳超咬牙切齿地看着正在逐渐恢复健康又逐渐腐烂的双手，一次次地向键盘发起进攻。

我不寒而栗。

咕咕的小拉车

老鼠家族的名声很不好。人们都说他们是小偷。

有一个可爱的小老鼠，他的名字叫咕咕。有一天，咕咕到森林里去玩，玩着玩着，他发现路旁有一只大皮鞋。咕咕想：我要是有一只大皮鞋小拉车该有多么好呀，那么，我就可以帮助小动物们做好事了。咕咕是个有志气的小老鼠，他说做就做，他马上把大皮鞋用河水刷干净，找来一段圆圆的木头，用锯子旋了四个圆轮子，又用两根长长的、直直的树枝做车轴，然后他用藤条把大皮鞋绑上去，这样一辆大皮鞋小拉车就做好了。咕咕唱着嘹亮的歌曲，拉着他亲手做的小拉车，高高兴兴地在森林里走来走去。

他正走着，远远看见白兔姐姐正从地里往家里运萝卜，咕咕上前去，有礼貌地说："白兔姐姐，我有小拉车，让我帮你运萝卜，好吗？"

白兔姐姐知道老鼠的家族有不少的坏蛋，她还担心咕咕骗她呢。但是，当她看到咕咕纯洁的目光时，她又觉得咕咕像一只好老鼠，她想：反正今年我种的萝卜喜获大丰收，也不怕他偷吃一个两个的，再说，如果他真是小偷，我就告诉黑猫警长。于是，她说："好呀，咕咕，那就辛苦你了。"

咕咕太高兴了，他愉快地把萝卜装到了大皮鞋小拉车上，然后拉着走。

往白兔姐姐家走的路很崎岖，路上有许多的小石头，咕咕使劲地拉着小拉车，勇往直前，走着走着，一块石头绊住了车轮，咕咕一使劲，小拉车又前进了，但车轮子却掉下来了一只，咕咕也不知道，继续拉着小拉车往前走。

又走了一段，路上又出现了一个小沟，咕咕一使劲，小拉车又爬过去了，但车轮子却又掉下了一只，咕咕还是不知道，继续拉着小拉车前进。这时候，一只麻雀飞过来，叫着咕咕："小老鼠，快停下车休息一下吧。白兔的萝卜可甜了，咬一口又解渴又解馋，你先吃一个吧，剩下的萝卜，让我也尝尝。"咕咕抬起头："不，这是白兔姐姐的萝卜，我答应过她，就一定要完整无缺地帮她运到家，再渴也不会吃！"麻雀气呼呼地说："傻瓜！傻瓜！"然后，他灰溜溜地飞走了。

咕咕低着头，鼓着劲继续地拉着车。一会儿，白兔姐姐家到了，咕咕把小拉车上的萝卜全部卸了下来。白兔姐姐一看，咕咕运的大萝卜一个也没有少，高兴地说："咕咕，谢谢你！这几个萝卜你带回家去吃吧。"咕咕不好意思了，说："白兔姐姐，不要客气，我有小拉车，一点也不累。"他说着，一看自己的小拉车，"啊呀。"他惊叫起来，原来，他的小拉车上面还剩一个轮子了。他正心疼着他的小拉车，白兔姐姐说："咕咕，你的小拉车坏了，怎么办呀？"

"没什么，白兔姐姐，我这就去狗熊阿姨的商店去买几个铁轮子。"咕咕说着，和白兔姐姐告别了。以后，小动物们经常看到咕咕拉着他的铁轮子小拉车帮助动物们运东西。动物们都说："咕咕是只诚实的小老鼠。"

咕咕的糖果店

狗熊大婶开了个糖果店，上半年卖得非常红火。这事让虎大王知道了，便让森林大学请她去讲课。这可让狗熊大婶为难了："我走了，谁来照看我的糖果店呀？”这时候，小老鼠咕咕来到狗熊家，一进门，咕咕就笑嘻嘻地说：“大婶，我来帮您照看糖果店吧。”狗熊大婶一看是小老鼠，脸上立刻现出不信任的模样。咕咕的脸红红的，说：“大婶，您放心，我不会偷吃您的糖果的。”旁边的白兔姐姐也证明：“咕咕是只好老鼠，他用小拉车帮我运萝卜，也没有偷吃一个。”白兔姐姐的话，让狗熊大婶放下心来，于是，她把糖果店交给了咕咕，高高兴兴地去森林大学讲课了。

这天夜里，咕咕怎么也睡不好觉，他想：“怎么才能把糖果店的生意做得更好呀？”他想呀想，猛然，他灵机一动：“马上就要过新年了，我如果用糖果做成贺年卡，小动物们不知道会有多么高兴呢。”想着，他不再睡了，找出一口大锅，把狗熊大婶的糖果都放进大锅里，支起柴火，熬起来。一会儿，糖果慢慢地融化了，咕咕赶紧用勺子舀出来，一勺一勺地浇到一些旧报纸上，做成了一张张糖饼，接着，又用一枝树棍在这些做好的糖饼上写上“新年愉快”“新年快乐”的字，还用颜色在上面画上了一些动物的模样，这样，一张张美丽的贺年卡就制作成功了。忙了一夜的小老鼠咕咕真累呀，但是他很高兴，他觉得自己做了一件非常有意义的事情。

第二天早上，糖果店的门一开，小动物们就拥了进来，他们看到咕咕制作的贺年卡果然很高兴，他们都三张五张抢着买，一会儿的工夫，贺年卡就都卖完了。咕咕高兴极了，他想：“我要多进一些糖果，做更多更多的贺年卡，给小动物们过新年。”

小动物们把从咕咕那里买到的贺年卡，一张张往亲朋好友家里寄。大猩猩收到小动物们寄来的贺年卡最多，但是，收到的贺年卡有一些已经开始融化了，看着不是太漂亮，大猩猩怕浪费了，也不管三七二十一，就揉吧揉吧当成糖果给吃了。过了一会儿，他就觉得肚子疼，并且还越疼越厉害，最后只好去了动物医院。

来到动物医院一看，嗬，肚子疼的动物们真多呀。原来都是因为吃了咕咕做的糖果贺年卡。

两天后，咕咕的糖果店被卫生防疫站查封了。咕咕后悔得大哭起来。

咕咕和克隆老鼠

小老鼠咕咕的糖果店被卫生防疫站查封后，咕咕明白了一个道理：人如果仅有热情和热心肠，而没有知识，也是会把好事办糟的。于是，他让狗熊大婶帮忙，让自己到动物学校上学去了。

刚开始，咕咕可喜欢学习了。每天，他都是第一个到校，上课总是喜欢抢着回答问题，有不会的问题，他不是问老师，就是问学习好的同学。山羊老师曾经很满意地表扬他："哦，不错，不错。"可是，不久，咕咕对学习就厌烦了，他主要是不喜欢写作业，他想：我都学会了，为什么还要写这么多作业？咳！如果有一个和我长得一模一样的小老鼠，代我上学和写作业多好呀。

这一天傍晚放学后，咕咕到一座破房子里玩耍，正在东看西瞅，忽然，他看到一只断了尾巴的老耗子。老耗子问他："你就是那个喜欢帮助别人的小老鼠咕咕吗？"咕咕点点头，他为自己能有这么高的知名度而高兴。

老耗子说："我是喜欢帮助别人的老耗子，你有什么困难可以告诉我，我来帮助你。"咕咕一听，高兴极了："我想要一个和我一模一样的小老鼠，让他代我写作业。"老耗子痛快地答应了，并把他带到旁边的一面大镜子前站好。真是奇怪，一刹，就从镜子里走下了一个和咕咕长得一模一样的小老鼠。咕咕欢天喜地地把他带回自己的家。

这个克隆小老鼠真聪明呀，不一会儿，就把山羊老师布置给咕咕的作业全部写完了。咕咕高兴极了，正要和克隆小老鼠玩游戏，房门开了，是咕咕的妈妈来喊咕咕吃晚饭，当她看到两个咕咕站在自己面前时，惊得差一点晕过去。克隆小老鼠一看咕咕妈妈做的饭，真香呀，他的口水忍不住流了下来，他的眼珠一转，指着咕咕对咕咕的妈妈说：“妈妈，这位是我们班的同学。”

不知为什么，咕咕想对妈妈解释，却怎么也张不开口。

咕咕妈妈一听克隆小老鼠的话，看看咕咕不言不语老老实实地站着，再看看克隆小老鼠，两个咕咕长得真的一样，最后她相信了克隆小老鼠，对咕咕说：“这位小同学，你赶快回家吧，你妈妈一定会等着急的。”说着，他把不会说话的咕咕推出洞口，原来咕咕的思维和说话能力都吸附到克隆小老鼠身上了。

就这样，小老鼠咕咕开始在街上流浪，很快，成了一只很邋遢的老鼠了。

第 二 辑

舅 舅 家 的 狗

舅舅家的狗 / 学“车”记 / 割年肉 / 找弹弓 / 童年的年（上、下）/
坐喜宴 / 肥猪拱圈 / 挖陷阱（上下）/8 岁那年洗年澡

舅舅家的狗

我七岁那年，家里还很穷，天天吃地瓜干，一个月也要有十天断顿。那时候，我爸爸在煤矿挖煤，半个月回家休两天班。这两天班是我们全家人的节日，因为，爸爸每次回家，都会带回来十四个他从自己嘴里节省下来的窝头，也有时候，焦黄的窝头里面，还会夹杂着三四个白胖的馒头。

这天晚上，又是我家的节日——我爸爸回家休班来了。我们一家人正高兴地围着昏暗的煤油灯，兴致勃勃地大啃窝头，突然，听见我家的院门被什么人给撞得“嘭嘭”响，我们赶紧停止了咀嚼，并立即手忙脚乱地把手中举着的窝头放进篮子里，妈妈慌慌张张地去藏盛窝头的篮子时，爸爸厉声断喝：“谁？”

门外竟然传来几声粗重地狗叫：“呜，呜，汪汪。”

“是狗，”我高兴地叫起来。爸爸的眼珠也立刻变得锃亮，他一把抓过身旁的一根绳子，转身往门口跑。我知道爸爸又要去把狗吊起来，然后弄死，连夜剥皮到锅里炖上，让我们全家“过年”。那时的人都吃不饱，虽然狗的正餐是人粪和鸡屎，从不与人争粮食，但是人粪是庄稼上好肥料，怎么舍得让不能干庄稼活的狗白白吃掉呢？因此，除了极个别护院子的看菜人还养着狗以外，其他人家基本就不养狗了，能吃肉的都吃肉了。街上跑着的狗，几乎全部是流浪狗。流浪狗呀跑到谁家，就是谁家口中的肉。

我们兴冲冲地打开了院门，果然见一条瘦弱的黑狗站在门口，它的脖子上还拖着一条两米多长的铁链。一见我的影子，大黑狗欢快地摇起了尾巴，朝我友好地叫着，在我的裤脚蹭着蹭着，又抬起头深情地看着我。

“大黑？爸爸，是大黑。”我连忙阻止爸爸下毒手。

大黑是离我家十多里的舅舅家的看院狗，去年，我家的院墙被大雨淋塌了，因为爸爸一时半会儿不能回家，淋塌的院墙又不会马上垒好，妈妈求助舅舅，舅舅才把看护菜园子的大黑暂借了我们半个多月，一直到爸爸回家垒好了院墙，我们才把大黑还给舅舅。那时候，我和大黑很是合得来，一天恨不能拉一百泡屎喂他吃，当然，有时候也会偷点窝头自己不舍得吃让给它吃。半个多月来，我和大黑处得感情很深，甚至于舅舅来领大黑要回家时，我还哭了个一塌糊涂。那天，大黑也是一副可怜巴巴的样子，不肯走，是舅舅使劲踹了它一脚，它才恋恋不舍地跟着舅舅走的。现在，见到它回到我家，高兴得我一蹦多高，搂着它的脖子，亲它长长的黑毛。

我在和大黑嬉闹着，妈妈疑惑地说：“大黑怎么会来？它脖子上还拴着铁链子，肯定是挣断的，闹不好我哥又打它了？”

爸爸说：“不会，狗这东西忠诚着呢，主人打死它，它也不会叛变主人，自个儿逃跑的。”

这时候，我已经领着大黑回到了里屋。大黑进屋后，也不顾再和我嬉闹，它朝着还在猜测不解的爸爸妈妈“咻咻”地轻叫，妈妈说：“这狗是有事，要不它不会黑着天跑十多里来我们家。”

爸爸也说：“闹不好你哥出了事？”

“我哥出事了？……”妈妈立刻慌张起来，声音也变了音调了，“走，咱快走，咱去望望。”

大黑转过身子也往门外跳，见爸爸妈妈跟着它往外走，它却又返回了里屋。爸爸见大黑又返回里屋，又小声和妈妈商议：“也许我们猜错了，你哥没有事？要不咱明天再去吧，黑灯瞎火的，太不方便了。”

妈妈听了爸爸的话，正在犹豫，大黑在屋子里这里闻闻，那里嗅嗅，接着，猛地窜到水缸边，把妈妈刚才仓忙间藏起来的那装窝头的篮子给叼出来。爸爸妈妈都惊讶地叫起来，“这畜生，要抢我们的窝头。”

大黑从篮子里叼出一只窝头，没有吞进肚子，扭头往屋外跑，跑到天井，看我爸妈没有行动，它把窝头放到地上，又朝着我们“汪汪”地叫，这时，妈妈明白过来：“快拿几个窝头到我哥家，他们断顿了。”

等爸爸妈妈跟着跑到舅舅家时，舅舅正跪在天井里号啕大哭，家里何止是断顿，如果我的爸妈再晚到一个时辰，我的舅母和我的表弟都将会没命的。那时候，我表弟还在舅母的肚子里，可是舅母饿得前心贴后膛，连生孩子的力气都没有了，舅舅想把护菜院子的大黑打死给舅母炖肉吃，可是，还不等舅舅提着菜刀出来，大黑就挣断铁链跑了个无影无踪。你说舅舅这个大男人，不跪着大哭还有什么办法？

舅母是吃了大黑从我家叼回的窝头以后生下表弟的。

表弟的乳名叫“犬生”，他说他将一辈子不吃狗肉。

学“车”记

三十年前的这阵儿，正是庄户人家置买自行车的时候。为嘛？秋收过了，粮食入仓了，工分也兑换给票子了，岁数大的男女也到了谈婚论嫁的时候了。当时，男女结婚最先置办的大件最重要的就是这自行车。当然，有些家里劳力多，手里余钱多的，也要置买自行车，显摆自己家的富裕还是次要的，最关键，有自行车赶集走亲戚的办个事多方便呀。虽然，那时买自行车还要凭票，还要托关系走后门，可是，我记事的时候，我们村里起码有一半的人家已经有了自行车。

我们家也有一辆自行车。但我和姐姐也只有摸摸的份。原因很简单，爸爸在三十公里外的城里上班，这是他回家休班的主要交通工具。听妈妈说，这是爸爸花二十元钱买的一辆旧车。这辆破车没有铃铛，没有车链子盒，也没有挡泥瓦和车闸，但爸爸仍旧拿着当宝贝对待，不但在大梁等主要部位上缠着花花绿绿的塑料带，还把每次回家后的第一件事放在擦自行车上的泥土上。爸爸两个星期回家休两天班，有多少次，姐姐都想把自行车偷出去学着骑。爸爸每每很愤怒，他生怕姐姐和我给偷着骑出去，他擦好车后，就用拴狗的铁链拴上并锁上一把大锁。

那年我八岁吧，姐姐也就十二三岁。放寒假的时候，满场院都是学自行车的人，有大人，但更多的是姐姐这般岁数的孩子。那里真热闹呀，学自行车的人也不知怎么会有那么多，几乎全村的孩子都在那里学。全场院都是欢声笑语，孩子们笑呀，叫呀。笑，是哈哈地拍着巴掌跺着脚笑，那是因为有人又能自己不摔跤地骑自行车了；叫，是夸张的惊叫，那是又有孩子从车上给重重地摔在地上。还不会骑的人学得满头大汗，天那么冷，脱了棉袄还出汗，小脸还红扑扑，人在车座上扭身体，手在使劲地攥着车把，帮着扶车子的跟在车子后面跑，还气喘吁吁地指挥："……挺起身子……往前看……身子别动，好……好，好……你个笨蛋。"已经会骑自行车的孩子也骑着自行车在场院里飞快地转圈。有的孩子竟然还敢双手离把。村里的老光棍喜乐就爱在人多的时候显能，这些日子他几乎天天都拿着一张二齿钩笑嘻嘻地蹲在一边看孩子们学自行车，有孩子和自行车一起摔倒了，车镫子摔坏了，他会拎着二齿钩过去帮忙。现在，他也手痒痒了，唤过刚给修理过车镫子的孩子，要过车子。他先在地上丢一个二分钱的硬币，然后骑上车子，一圈过来，到了丢硬币的地方，在自行车继续前进的同时，他猛地弯下身子，将手指触地并迅速地拾起刚才丢下的硬币。与此同时，孩子们"呀"的一声叫。喜乐转回来后，下了车子，嘻嘻笑着说："就照我这个练，就行了。"

我和姐姐真羡慕那些学自行车的孩子呀，可是我们没有自行车，也没有孩子肯让我们用他们的自行车学习。我和姐姐多少次地发誓，再也不去场院看学自行车的，可是，我们根本写不好寒假作业，时不时要侧耳听外面的动静。

姐姐的死党春丽来了，满脸的喜悦："顺好，快，我姐姐和姐夫骑新自行车回来了。"

这是好消息。前些日子，春丽的姐姐出嫁了，现在他们小两口回来了，怎么就好意思不让我们学学他们的自行车呢。

"我姐姐这个老吝啬鬼，她不让我学。真是嫁出去的闺女泼出去的水，才几天，就和她婆家一条心了。真气死人了。"春丽在姐姐跟前发牢骚。

"走，看我的。"我姐姐可是会说，她立刻大包大揽地带着我，去了春丽家。

一进门，她先叫大伯大妈，再叫大姐，说："俺大姐真俊呀，当了新娘子后，全村没比的了。可真让俺姐夫抢着了。大姐夫，你以后可得对俺姐姐好呀，不准欺负她，要不折不扣地听她的话，让你撵鸡不准打狗。"

大姐夫嘿嘿地笑，然后腼腆地说："她说错了我也听呀。"

"大姐，你看看我、大姐夫还不服气呀。"我姐姐说，"大姐夫，你也不要不好意思，现在都这样的。现在的新女婿可都是和丈母娘家的人好呀……春丽你说，咱大姐夫这人好不好？就是嘛，好就是好嘛！咱大姐夫好人，我知道。不信？过会儿呀，大姐夫和大姐说完话，肯定要帮你去学自行车。俺真羡慕你有个好姐夫。"

我姐姐这话一说，春丽的姐夫就去看春丽的大姐。春丽的大姐冷着脸不说话。我姐姐又继续说："俺大姐夫还真是个憨厚人呀，还注意对俺大姐察言观色，嘿嘿。你真是个傻女婿，你说，你家为娶媳妇买的自行车，我大姐好意思开口同意呀？你个大老爷们，在关键时刻得拿主意呀。"

哈哈，我姐姐这么几句话，立刻搞定，大姐夫连忙屁颠颠地推起新自行车和我们一起来到了场院。

也是奇怪，那一天，我姐姐首先学会了自行车，然后，我也学会了。可是，春丽学了将近一天，竟然没有学会。

知道我起初怎么骑自行车吗？我才八岁，上了自行车干脆就踩不着车镫子，于是，我……对，对，就是把腿从车梁下面穿过去。

割 年 肉

雪是从早晨开始下的，中间一点也没有停，傍近中午吃饭的时候，天井里的积雪已经有脚脖子深了。

大队里的高音喇叭一上午连着广播了三次，说北京的毛主席为让广大社员过一个幸福、团结、祥和、富裕的春节，特地给调运过来一批猪肉，望广大社员抓紧时间购买。

猪肉供应点在临村凤峁寨，离着本村五里多地。

因为雪下得挺紧，娘本不想让春光和金麦去凤峁寨，但架不住大东、国莉在一边打包票，还说：下雪不冷化雪冷；雪一化，路更难走；去晚了好肉肯定没有了等等，更有旭东往春光的眼下面抹唾沫装哭，娘只好同意了。金麦接过钱走出家门时，春光和旭东手拉着手，跟在大东的屁股后面，冒着大雪挺着胸，向凤峁寨猪肉供应站连跑带蹿。

猪肉供应站门前的雪花可不是很幸运，它们在落地的同时，立马被熙熙攘攘的大脚踏成黑水，那里当然排着两排满头满身顶着雪花的长长队伍。队伍中，半大孩子和年轻人居多，他们虽是满脸喜色，但仍挡不住寒冷的袭击，几乎每个排队的人都被冻得清鼻涕水横流，有的人把手揣在袖筒里也没有感觉到温暖,他们还时而把手从袖口里抽出来,跺着脚用嘴里的热气呵着冻得发青发硬的手。队伍旁,几个孩子在雪地里正跑得尘雪飞扬,个个小脸红红的像苹果,有淘气的男孩子还勇敢地从地上抓起一大把雪,团成圆球向人群中的某个孩子射击,被射中的孩子立刻恼羞成怒,变颜变色地怒骂一句,向那个闯祸的孩子追扑过去。春光他们往这里跑得急,现在身上还冒着热气,他们鸡立鹤群地擦了擦头上的汗水,豪迈地加入到慢慢向前蠕动着的队伍里。

雪下得似乎越来越大,几乎在刹那间的功夫,排队的人群便彻底被雪覆盖了,远远看去,早就辨不出站在那里的还是人:盖着满身满头雪的人竟然没有了人的丁点特点,他们脚下起初还是黑色的泥泞,渐渐地也变化为洁白的雪饼。没有多久,春光他们也几乎同时感觉到身上的汗水正变成尖利的冰,棉袄一黏贴上皮肤,发热的身子都忍不住要一悸,如此往返几次,清清的鼻涕水就拉着长长的韧性很好的丝线,跃跃欲坠地挂在每个人的胸前。在他们也不由自主地开始跺脚取暖的时候,猪肉供应站门前的跺脚声已经初具规模,“噼啪噼啪”的跺脚声盖住了吵嚷嚷的说话声。

春光他们终于买上猪肉往家返时,天已经过了中午。这时候,天愈发冷了,不但人被冻得抗不住,连路旁的电话线也冻得发出“嗡嗡”的怪叫。雪当然还在下,不过比上午下得小了许多,风也刮起来了,而且一刮还带着呼啸的声音,凄厉的风夹着冰凉的雪渣扫在人脸上,麻洓洓地疼。

春光、旭东、金麦、国莉和大东紧紧地拉着手,他们生怕一个不留神被大风刮跑。他们觉得全身没有穿衣服一样冷飕飕的,肚子里也饿,还青蛙吵湾一样不知疲倦地“呱呱”叫。天阴沉沉的,让人很难辨清具体到了什么时候,路面上的雪被大风卷得变化成各色的形状,最不妙的是,路上的雪被大风堆得厚薄不匀,有的地方雪被堆得没到膝盖以上。更可气的是,雪还把沟壑填满,让人实在看不出实际的路面还有多宽,为了避免陷进沟里,他们几个迎着风小心翼翼地试探着向前走。

又是一股狂风扑来,走在最外边的大东刚要骂句什么,不料却是一步踏空，他下意识间把旭东的胳膊拉住，旭东的力气小，马上随着哥哥往盛满雪的沟里陷。国莉一见大事不妙，手忙脚乱地拽住旭东的胳膊，旭东到底人小，大东、国莉都在用力，他自然受不了了，疼得“嗷”的一声叫唤，国莉害怕拉断弟弟的胳膊，心里一揺，松了手，于是大东和旭东迅速地练起了狗刨，向雪沟里滚。

沟里的雪太蓬松了，两个人假如不是垂死挣扎，情况也许还要好一些，他们越是挣扎越是向深处滑得快，转眼的功夫，两个人的肚子就被雪埋没了。

看到哥哥、弟弟陷进了危险中，国莉急得大哭起来。金麦比较沉着，原因很简单，她和弟弟春光没有危险，所以她才能急中生智想出好办法。她把猪肉从篮子里拿出来让春光抱好，还嘱咐春光不要把两家的猪肉给弄混了，然后，她把两只篮子用鞋带系在了一起，她和国莉抓住一头，把另一头递给了大东。也是大东和旭东时运好，他们陷入的是一条很浅的水沟，并且里面没有一点水，所以当雪埋到大东胸脯的时候，大东的脚就踩到了沟底。

一回家，孩子们就脱光了滚到暖烘烘的炕上，娘在灶下检查割回来的猪肉，看着看着，娘的脸“呱嗒”一下拉下来：“说不让你们去买猪肉，你们非要去买，你看看你们割回家些什么东西？一点好肉也没有。我就知道，那些丧良心的不欺负你们这些孩子还敢欺负谁？”

“娘，娘，猪肉不好？那什么样的猪肉好？”在被窝里暖和的春光听见了娘的自言自语，就和姐姐钻出被窝，赶到外屋看光景。

“你看看你们割回家些什么猪肉？全是瘦猪肉，肥的却只有这样指甲盖大小一点，连半斤都没有，这可怎样吃？这么多的瘦肉炒菜吃没有一点油水，过年包饺子也不香，唉！”娘说得痛心疾首。

金麦和春光让娘一说，一腔热情像被凉水扑灭一样沮丧，金麦还做了错事一样地对着案台上的那堆瘦猪肉流下了眼泪：是呀，当时在割肉时，大家都争着喊着要肥肉，记得当时自己也喊得嗓子疼，最后怎么就买回家了一堆瘦肉？

春光、金麦哪里会想得到，三十多年后的今天，瘦肉和肥肉的地位竟然有了翻天覆地的变化。

找 弹 弓

要过年了，但天还是越来越冷，又连续下了几场雪，化雪前后的那几天中午，道路泥泞难走，家家的房檐下都挂着一根根长萝卜一样粗大的白里泛黄的冰凌。

往年的整个秋天和冬天，旭东爹等几个在生产队里管着手电筒的男人都会损公肥私，他们自作主张地拿着公家的手电筒，扛着梯子领着自家的孩子去屋檐下捉麻雀。

麻雀这个家伙的确是祸害，它们从来也不向燕子等“同志”学习垒窝技术，它们喜欢在老百姓的房檐下挖个洞做窝，然后钻进洞里睡觉。它们的窝大小不一，一般是一对麻雀夫妇带领着几只小麻雀和麻雀蛋共同生活，它们偎依在一起睡觉。抓麻雀的人先要用手电筒飞快地扫着房檐下，发现麻雀后，举手电的人要赶紧把手电光柱一动不动地对准麻雀的眼睛，耀住它们的眼睛，另一个人要轻手轻脚地把梯子靠到墙上，然后憋着呼吸爬上去，在基本接近到麻雀时，以迅雷不及掩耳之势两只手同时捂上去。有时一只麻雀会惊叫一声逃窜，更多的时候两只麻雀都要被抓住。

旭东爹他们拿着生产队里的手电筒出来捉麻雀，打的旗号是消灭“四害”，保护广大社员的房屋不受麻雀的破坏，实际的目的就有一个：给家里人打牙祭。这麻雀浑身上下全是瘦肉，捉回家糊上泥巴让火一烧，特香。但是捉麻雀也有危险，村里第六生产队的保管领着儿子出来抓麻雀时就出了大事。当时是秋天，保管踩着梯子把双手往窝边麻雀的身上一捂，一只麻雀被抓住了，另一只竟然遁进了洞里。保管的右手立即跟着麻雀往洞里掏去，这一掏就掏出罪过，那时候正是重阳节前后，虫蛇活动比较频繁，一只大蛇跟着保管的胳膊冲出来，让保管从梯子上惊跌下来，并摔了个生活不能自理。由于有这样的危险，虽然是冬天了，人们也知道蛇们都入蛰了，但还是不敢有人再和自己的身子骨开玩笑，因此这个冬天，村里很少有人敢扛着梯子上屋檐下的麻雀窝里掏麻雀了。但是，我们这些孩子吃火烧麻雀已经上瘾，所以，今年整个冬天，村里盛行做弹弓。有了弹弓再吃麻雀可就方便多了，不管白天还是黑夜，只要麻雀胆敢在树枝上或者屋檐下的窝边停留，一颗石子就有可能射到它身上，干净利索地结束它的生命。

我们这群孩子中，做弹弓手艺最好的当属旭东。旭东的右眼有点斜不假，可是人家特别能物色做弹弓的树杈。往往一群孩子，同时去环村路上寻找适合做弹弓的树杈，一见到树杈就有孩子东指指西点点，但不管是哪个孩子在指划，旭东仔细端详一眼后都会撇嘴，他不行不行地摇头。有不服气的往手心上吐口唾沫，搂着树干往树上爬，等费劲巴力地把在地上端详着的树杈折了下来后，不等落地就后悔。折下的树杈要么太粗，要么太细，即使勉强做出个弹弓，也样子丑陋。旭东端详出的树杈就很不一般，他离着远远的就会朝我们一指："那个，看到了没有？那个，那个枯枝子旁边的。"我仔细地端详，好不容易才看到那个藏在粗树枝后面的树杈，旭东却一边往树下跑一边脱下鞋，双手一搂树干，"噌噌噌"地往树上爬。这个旭东相中的树杈折下来后果然不负所望，几乎不要费很大的气力，就会削出一个很精致的弹弓。

一个冬天，连旭东自己也不知做了有多少个弹弓了，我们几乎每个孩子手中的第二只或第三只的弹弓都是他的手艺。只是我不很满意，我觉得没有一个称心如意的弹弓在手，原因很简单，从玩弹弓至今，我从来也没有射下一只麻雀。人家旭东可是每天都有收获的，只要有麻雀胆敢在树枝上停留，旭东以各种的姿势端起弹弓，几乎用不着瞄准，麻雀就会笔直地从树上栽下来。我每每看到旭东射下麻雀都很没有面子，旭东也很想让我亲手射下一只麻雀，因此每当他发现一只麻雀站在最利于射击的地方时，都会悄声把我拉住，努着嘴指给我看，还把自己身上自觉最优秀的几个弹弓全部掏出来，让我挑选。我逐个试试轻重，拿起那个旭东射下麻雀最多的弹弓，装上一颗大小合适的石子对着麻雀瞄准。麻雀太没有临敌经验了，它根本没有发现一个弹弓马上要偷袭它，它还在悠闲地用嘴细心梳理身上的毛。我拉紧弹弓皮筋的手一松，石子就呼啸着向麻雀飞去，但是，石子没有射中麻雀，却射中一支离麻雀很远的很小的一个树枝。麻雀看到很远的树枝“啪”的一声折断了，自然是吃了一惊，它“叽喳、叽喳”地控诉了几声，还东张西望了一番，然后不慌不忙地展翅离开是非之地。我气恼地把手中的弹弓往地上一摔：“什么破弹弓！”虽然是自己使唤着最趁手的弹弓，旭东为了讨我的欢心，也跟着用脚踢了一脚地上的弹弓，然后说：“走，这次我一定给你弄个最趁手的弹弓。”

旭东说到做到，不久他就又相中了一个树杈，但是他观察了一下那个树杈，“啧啧”地叹息起来：“树枝太细了，可惜了一个好弹弓。”我这时已经被好弹弓想疯了，一见旭东又发现了做好弹弓的树杈，当然是欣喜若狂，也不管三七二十一，把鞋子脱下来往树根处一丢，技术娴熟地搂住树干，“嗖嗖”几下，上到了第一个大树杈上。我观察了一下那个适合做优秀弹弓的树杈所处的位置，身子一拱又一拱，敏捷地很技巧地向那个树杈逼近。也是求胜心切，我根本没有发现自己已经踩到了一个枯枝上，当我伸手去折那个即将到手的树杈时，枯枝断了，我身子一斜，从半空跌落在地上。

据说，落地后的我当即就没有了呼吸，可是，当闻讯而来的老吉发上前来抻抻我的胳膊再拽拽我的腿后，我又慢慢地睁开了眼。最让人难以置信的是，从那么高的半空跌下来，我没有受一点的伤。

现在，我每每想起来我们的童年，觉得真快乐呀，我总想，如今的孩子哪里找如此刺激的游戏？等他们到了我这样的年龄后，他们除了一堆堆作业和一个个补习班还能回忆起什么？

童年的年（上）

年前几天，我和旭东弄到了许多熄捻的鞭炮，但是却因为各家各户把火柴看得太紧，总也没有火来放，为此，我们一直愁眉苦脸。

让各家各户控制住自家孩子不准玩火是村支部下的一道铁命令，原因是腊月初十那天，二生产队场院着了一场大火。那场火烧了十多个大草垛，火苗蹿到了半天空，映亮了整个村庄，不管人在村里的哪个角度看，都好像是自家的屋后或者院墙外正在着火。那个情景让人看了，没有人不胆战心惊，许多人还吓得尿了裤子，大街小巷砸破铜盆告急的声音乱成一团，每一家的男人都将自家水缸里的水用水筲舀出来，狂跑着去场院救火，在家里舀的是一水筲的水，到了场院才发现拎来的是半桶，而火烧得太大，就是这半桶水也根本起不了丁点作用。看着越烧越汹涌的大火，旭东爹大叫一声不好，转过身往自家跑，到家就把炕上的褥子和被子抱起来，不管三七二十一地丢在了天井，接着搬出水缸，把里面的水全部浇到被子和褥子里。旭东娘当时肯定认为自个儿的男人让大火吓傻了，正要和男人拼命，旭东爹已经踩着梯子上了屋顶，在上面气急败坏地大喊："快，快递上来，火着过来了。"旭东娘马上明白过来，急急火火地把大东等孩子叫过来帮忙。当旭东爹终于把浸透水的被子和褥子盖在了自家的草房上时，其他的人才醒悟过来，纷纷地跑回了家，也照例将自家的被窝浇上了水，又盖到了自家的草屋上。大火烧了足有一上午，县里的消防车才闻讯赶来了，那时，大火也正燃到了有气无力的最后时刻。事后许多天，村里人都擦着脸上的冷汗说：“幸亏没刮大风呀……”以后，村里查找出了起火原因：是几个孩子在草垛边放鞭炮引起的。

没有火根本就没有办法放鞭炮。装着一口袋的鞭炮没有办法放，我们孩子是没有理由不愤怒的。也是气急了，腊月三十日早晨，我把费劲巴力攒了一个腊月的鞭炮都倒在院门口的台阶上，准备用大石头把它们全部砸烂。没料到这熄捻鞭炮被石头一砸，竟然响了，声音并且比用火点的更脆生，最关键的是砸比用火点可是方便多了。我高兴地一蹦老高，回家找来手锤一试，效果比用石头砸更好，于是我三把两把地把倒了一地的鞭炮又装进了口袋，拎着手锤喜匆匆地往旭东家跑。

旭东正在和哥哥大东、姐姐国莉往门上贴春联。旭东的右眼虽然有点斜，但一点也不妨碍人家精确地掌握尺度，随着他“上点，再往上点……嘿，又高了，往下……哎，又……”的招呼，大东、国莉忙得手忙脚乱。当他看见我远远地朝他招手，立刻对哥哥说：“你们也不好好听我的指挥，算了，我不伺候你们了。”说着，拔腿就往我这里跑。我把自己的发现对他一说，再掏出一个爆竹实验，果然就把旭东高兴得手舞足蹈。

姐姐当然没有我幸运，腊月三十帮着准备祭奠祖宗的物品，接着，中午就快到了，正犹豫着是否开始做午饭，已经有的人家在放吃午饭的鞭炮了。

我一听到有人家放吃午饭的鞭炮，就和旭东分手跑回了家，一进家门就嚷嚷：“娘，娘，我放鞭吧！”姐姐在灶下烧火，娘在灶上烧菜，看见我跑得满头大汗，娘说：“先，先别放，饭还没有做好。”姐姐看见我进屋来，把一把麦秸草捅进灶里，麦秸草遇火“噼里啪啦”很响亮地燃烧着，姐姐说：“春光，你看这麦秸草烧起来多像放小鞭。来，来，你来烧会儿火，我去撒泡尿。”我才不上她的当呢，我白了她一眼，然后跑进天井，找出几天前就准备好的长竿子，忙忙活活地进了里屋。里屋的炕头上正烘着几挂穿着红衣的小鞭炮，我拿起一挂鞭炮，很熟练地把它挂到竿子上，然后举着挂好鞭炮的长竿子走进了天井。“小祖宗呀，你可先别放，还没有给先人祭奠上东西呢。”见我举着鞭炮进了天井，娘连炒了一半的菜都顾不上翻炒了，一惊一乍地过来拉我的胳膊。

中午饭是从来没有过的丰盛，娘和姐姐共做了白菜炖豆腐、萝卜块炖咸鲅鱼、大葱炒鸡蛋和肉块炖粉条四个炒菜，爹还喝了一点白酒，一家人高高兴兴地吃了个沟满壕平。平常日子，家里的饭饥一顿饱一顿，上顿吃的是玉米饼子蘸酱油，下顿肯定是地瓜干熬粥，把我“犒劳”得皮包骨头，脖子后的“馋窝子”足有三寸深。这顿饭可以说是我自出生一来，看见过的最好的一顿饭，我一边低着头往嘴里狠造，一边灿烂地问娘：“娘，娘，这算不算是吃香的喝辣的？”爹把小酒盅一捏，扬脖把酒喝干：“怎么不算？咱这就是吃香的喝辣的，来来，你也喝口辣的过过瘾。”我把爹递过来的酒盅用舌头一舔，立刻辣得龇牙裂嘴：“是，是真辣……”娘笑骂爹，爹却哈哈大笑。我兴奋得小脸红扑扑的：“过年真好，如果天天都过年就好了。”娘说：“这年可不能天天都过。小时候，俺爷爷讲古说，人一辈子过多少年都是有定数的，过多了……说是有个皇帝本来要坐天下 18 年的，可是他觉得过年好，就让手下的人天天过年，结果，过了 18 天的年，他就玩完了……”

童年的年（下）

腊月三十下午，娘开始揉面，姐姐坐在案板前“嘣嘣嘣”地剁肉馅，爹也没有闲着，用碱水涮着八个五分八个二分的硬币，还布置半夜准备祭奠的香和烧纸什么的，我也老老实实地待在家里，娘说，如果我下午不哄着妹妹玩的话，晚上就不会吃到饺子里的大钱。

傍近天黑的时候，全部是白面的大钱饺子终于包好了。往年三十晚上吃的这顿饺子从来也不是全白面的，我猛然记起，去年过年的三十晚上，我和姐姐一人才分了四个白面饺子，其余的全是黑面饺子。记得当时我不爱吃黑面饺子，娘还念儿歌骗我，什么"黑狗撵白狗，撵上咬一口"、什么"黑面饺子吃了长个，白面饺子吃多了脸上长麻子"等等的，还使劲往我嘴里送黑面饺子，现在才知道，去年是家里太穷，就有一小捧的白面，所以包不出白面饺子，只好吃黑面的。

大钱饺子要一直等到半夜才能吃，天黑下来的时候，娘就嘱咐姐姐和我不要乱说乱动。爹在明间给老祖宗们磕了几个头后，就去奶奶家守岁去了。娘在给我和姐姐准备过年穿的新衣。为了等吃大钱饺子，我把自己所有的小人书都拿了出来，让姐姐给自己读。天越来越晚了，娘借着亮如白昼的蜡烛光，先后给我和姐姐的裤子上各自换上了三块新补丁，还把爹穿烂的袜子剪去袜底，往我的破棉袄袖子上缝，我困得两只眼不住地打架，边不停地哀求娘："娘、娘，快吃饺子吧，我都要饿死了。"

"掌嘴，掌嘴。"娘把缝衣针在头发上抿了抿，很厌恶地说："不准说不吉利的话。听着，只要有一户人家放爆竹，咱就烧火煮饺子。"

姐姐读的小人书我都已经能够指着画面讲下大体内容来了，还没有一户人家开始放鞭炮。夜静悄悄的，竖着耳朵听听，连个虫子叫的声音也没有，好像现在已经不是过年似的。我真是困极了，哈欠一个连着一个，打个不断。"要不，让我看看小鞭吧？"我又是哀求娘，娘看我困的实在控制不住了，就点头同意了，还把在炕头烘着的那挂最长的鞭炮递给了我。我迷糊着眼，在蜡烛光下撕开了鞭炮的纸包。正一个一个搬数着鞭炮的数量，熊熊燃烧着的蜡烛突然爆起一个火花，火花恰好落在了我数过的鞭炮上，我还没有明白过来，鞭炮已经在我的手里接连不断地炸响。我"嗷"的一声大叫，将鞭炮摔在了地上，说得迟，那时快，当鞭炮在地上震天动地地爆炸时，娘搂着我和姐姐趴在了炕上。

似乎过了一年的时间，被我摔在地上的鞭炮才终于炸完了，硝烟弥漫中，娘哆哆嗦嗦地察看我和姐姐的头脸和手脚，真是万幸，也许是鞭炮比较小的缘故，我们都没有发生一点的意外。我还认为娘会打我，正惊恐地等待着。娘苦笑着没有说话，这时，去奶奶家守岁的爹一脸恐慌地回家来了。与此同时，村子的很远处响起了隐隐约约的鞭炮声。

过年真是个好时候，这个好时候可以让大人们忘记所有的不愉快。全家人好像没有经历刚刚发生的惊吓，开始喜气洋洋地吃大钱饺子了。

大钱饺子真好吃呀，姐姐一口一个地往嘴里送。娘正要嘱咐她慢点吃，姐姐已经从第三只饺子中吃到了一个大钱。我的眼珠马上急得又大又圆，嘴里一边忙活着嚼一只饺子，一边高举着筷子，恶狠狠地端详着盆里的饺子，当发现一个肚子奇大的饺子时，我的筷子一个俯冲下去，利索地把它给捞了上来，迫不及待地把饺子整个地塞在自己的嘴里。可是，这个大肚子的饺子仍旧欺骗了我，里面除了较多的肉馅，栗子枣、大钱糕什么的是一无所有。这时，姐姐已经在吃第八个饺子了，并且又吃出了一个二分的大钱。姐姐绝对不是个优秀的姐姐，她在把大钱咬出来后，还梗梗着头，用手举着在我的眼前比划着让我看，我气得“哇”的一声哭出了声，蹬着腿气急败坏地把嘴里嚼了一半还没有咽下的饺子吐到了桌子上。娘正要打姐姐那梗梗着的脖子，爹把一个咬了一小口的饺子递到了我嘴里：“别哭，别哭，你再看看这个有没有？快吃快吃，要不大钱可都让姐姐吃净了。”爹的话让我再也顾不上大哭，连挂在脸上的泪水也顾不上擦，连忙去咬爹递过来的饺子。嘿，“大钱。”我惊喜得眼都亮了，掏出饺子里的大钱一看，还是一个五分的。

吃完饺子一个时辰后，睡梦中的我又醒了。这次我是让肚子的疼痛折磨醒的。我病了，主要是肚子疼得厉害。娘慌慌张张地按我的吩咐给我揉搓着肚皮，突然，我的嘴一张，刚吃下不久的饺子们汹涌而出。

自此以后二十多年，我再也不敢吃饺子了，眼再馋也不敢吃一只，有时也不服气，偏要尝一只试试，那么，两个小时以后，必定把先前吃的所有东西都要吐光，并且还要吐净一些绿色的胆汁。

初一的早晨，我的病及时地好了，我穿着姐姐穿小的让染匠染过的外套，跟着姐姐去各位长辈家拜年。由于我是男孩子，又不怕脏了衣服，最关键是舍得磕头，所以，这一年我发了一笔大财：我一共收到了两块一毛钱的压岁钱，而姐姐，收到的压岁钱才一块七毛钱。

坐 喜 宴

春光要顶替爹去20多里地外的大姑妈家坐喜宴。

是大姑妈家的大女儿丫妮要嫁人。

喜日子就定在阴历八月初八，眼瞅着也就五六天的光景。时间不等人呀。因爹在城里的工作脱不开身，娘就决定让春光顶替爹去坐喜宴。人选报给大姑妈家后，娘就给春光改旧衣服。这时，大姑妈派人传达了一个事情：因春光是个男孩，加之属相与两新人相合，所以，大姑妈家决定让春光作为女方家的“男送”，去男方家看当日。母亲兴奋中带着一些担心：“春光才是个七岁的孩子……”大姑妈家还说：“童男吉利呀，咱家就是图个吉利。”娘听了，赶紧去供销社扯布，连夜要给春光缝制新衣服。

八月初八的清晨，娘托大舅骑自行车送春光去大姑妈家。刚出村子，大舅就问春光：“早晨吃饭了没有？”春光老老实实地摇摇头：“俺娘今早没有做饭，说留着肚子去亲戚家吃宴席。”“哦，好好，不错，记着这话可千万不要和旁人说，人家会笑话的，有人问你，就说，早晨吃了个鸡蛋，还有咸鱼饼子。记住了？”大舅边蹬自行车边教导。接着又絮絮叨叨地说春光这臭小子真好命，吃屎的年龄就要代大人去坐喜宴。眼见到大姑妈家的村子了，大舅忽然从自行车上跳下来，要让春光自己走着去大姑妈家。春光一急，眼泪差点掉下来，说他找不到大姑妈家，大舅就呸呸了两口："好好，算我倒霉，这就送你到门口……不过，我这样为你豁出去卖力，你以后要怎么报答我？”春光就愁住了，怎么报答大舅呀？实在是想不出来。“你个笨蛋呀。”大舅最后恨铁不成钢地教导，“你给我弄块肘子肉，还有肉丸子，偷偷地装口袋里，傍晚我来接你，我也尝尝。”“大舅，我，我怕……”春光战战兢兢地说。“你怕什么？你是个孩子，再说是娘家人，就是有人看到你拿了丸子也不敢多嘴多舌，怕娘家人挑理呢。”大舅最后说，“反正你不给我拿肘子肉，傍晚我就把你丢在半路上不管！”

春光到了大姑妈家时，大姑妈家的天井里已经聚满了忙忙碌碌的人。大姑妈见了春光，高兴地说，男方迎亲的已经来了，就等着你来，这就上路呢。大姑妈说着，还把春光领到一个英俊的男子跟前，说这是二叔，说他也是“男送”，要一起去男方家赴宴看当日。春光拘束地叫了声二叔，二叔响快地答应着，从口袋里摸出一把糖块塞给他，春光还要扭捏一下，二叔说："小屁孩，客气什么？过了这个辰儿，再想吃糖就没有这么多了。拿着，放心，你跟二叔，没有亏吃。”春光把糖块在口袋里装好，想，如果弄不到肘子肉，这些糖给大舅也许可行。

这时候，大姑妈家的天井里一阵盖一阵地欢歌笑语，二叔把春光拉到门外的无人处，问："今早吃饭了吗？”春光想到大舅路上的嘱咐，就说吃了，二叔就急得一个劲拍大腿："嘿，你干嘛呀要吃饭？不知道留留肚子……啊，也好，我这就领你溜达溜达，消消食，拉泡屎，然后咱去那男家可劲往肚子里造。”

二叔再领春光回到大姑妈家时，迎亲的队伍已经出发了。有人和二叔开玩笑："还不快走，再晚点人家男方家可就将宴席散了。”二叔边给自行车轮胎充气，边笑逐颜开地说："哈哈，咱娘家人不到，他们敢开席？不怕咱挑理不嫁闺女了？”

二叔说的真对，男方家的确在等着娘家“男送”到了才安排开席。派座位时，堂房明席乱了一会儿，主管宴席的“总理”过来腆着脸询问二叔女方家的喝酒派座风俗。二叔随意地说：“随便，到哪里坐吃不了饭？你就看着安排吧。”这话让宴席“总理”兴奋得脸上泛上了红光：“我们这儿是老舅坐一客，您，您委屈下，二客吧。”

二叔的脸“腾”地变了颜色，但他什么也没有再说，拉过二客的凳子就坐下了。

宴席正式开始了，二叔却不让斟酒，主、副陪紧三慢四地劝菜时，二叔也就装模作样地微微地吃下一点。春光要大口吃菜了，二叔还用眼睛狠狠地瞪。这酒宴于是就吃喝得很不活跃，主、副陪觉出了尴尬，在没话找话地胡应付。

二叔是在新娘敬酒的时候发作的。新娘敬的第一杯酒，二叔就很干脆地一口而进，然后眼泪汹涌而出：“丫妮，丫妮呀，你二叔我憋屈死了，他们瞧不起咱娘家人呀……”说着一杯干尽，还摸起筷子狠狠地叨菜吃肉，当然不忘流着泪诉说：“他们瞧不起咱呀，是咱贱呀，只能坐二客呀，你说，他们摆席请客为什么？没有咱女方的闺女当新娘，他们请个屁客！……”说到悲愤时，二叔竟然要拉着丫妮回娘家。

乱了，乱成了粥，最后宴席的桌子也倒了，春光忙里偷闲，就趴在地上装了一口袋的肘子肉和肉丸子。

丫妮是在婚后第二年就喝农药自杀的。原因很简单，丫妮一直说公公家瞧不起他。而他男人则说，自她进门来第一天就把他家搅了个天翻地覆。

直到今天，春光想起这事，心里还觉得很心疼：丫妮是死在“面子”上呀。

人活着，在乎那么多“面子”有什么用？

肥猪拱圈

春天到了，爹去集上买回了一只小猪。

家里没有猪的时候，金麦每天放学回家的主要任务是用铁锨拾掇天井里的鸡屎。家里有了小猪以后，每天一放学，金麦连书包都顾不上放下，马上就把茅圈的小门打开，将猪放到天井里。这猪正饿着肚子，看到满地的鸡屎就像叫花子看到了热馒头，埋下头，颠起下巴，狼吞虎咽个津津有味。猪在天井里找鸡屎吃的时候，金麦就用粪筐换猪身下的脏土。

猪是个不折不扣的脏东西，怎么方便就怎么拉屎撒尿，还喜欢卧在自己制造的屎尿里打滚睡觉，用不了半天的工夫，就会把身下的干土弄得屎尿横流、又骚又臭。金麦傍晚的任务就是把茅圈台上的脏土用铁锨铲到茅圈底里，然后到门外的土堆上用粪筐给茅圈台上换新土。茅圈台上需要更换的新土一般要八筐才可以，金麦用胳膊拐三筐就会出汗，拐八筐就是上气不接下气，浑身热气大冒了。

家里没有猪以前，春光一直在天井里拉屎，拉了屎以后，再让娘或者姐姐用铁锨给铲进茅圈里。有了猪以后，春光再在天井里拉屎，就不用麻烦娘和姐姐了，他自己就可以把茅圈的门打开，把猪放出来。那猪跑进天井，摇头晃脑地直扑那盼望已久的美味佳肴，当看到地上的那堆热气缭绕的黄澄澄大便时，小眼瞪得贼亮，跳着高"嗷嗷"叫着就窜了过去，一口吞下去三分之二，两口基本吃完，三口拾拾遗漏的渣渣，四口连嘴唇边也用舌头舔个溜光锃亮。

也有时候，春光在没有拉屎前就把猪从茅圈里放出来，解开裤子拉屎的时候，猪就眼巴巴地等着，屎还没有落到地上，就被等得心急火燎的猪给接吃了。有一次，春光拉的速度慢一些，猪一时等不及，直接用脏鼻子去拱春光的屁股，一下子把春光拱个人仰马翻。

娘他们去茅圈大便一直都要拿着一节半米长的树枝，起初，春光认为她们一边大便一边打淘气的猪，以后才知道，她们进了茅圈，是用树枝给猪挠痒痒。这猪真是奇怪，本来正满圈底、台上的窜着，用树枝一挠它的身子，它立马一动不动，接着就地躺了下来，闭上眼睛任由你给它挠。大便完毕，刚放下树枝，还没等提起裤子，猪就睁开小亮的眼睛，立刻一个滚站起来，好像去晚了，好吃的会被抢走似的，迅速窜下圈底，风扫残云地将人刚刚解完的大便吞掉。

大约十个多月，小猪长成了一百多斤重的大肥猪。经娘三番五次地去村委要求，公社采购站才派人来春光家验猪的成色。验猪员走到茅圈扫了里边的大肥猪一眼，说猪也差不多了，哦，再好好喂一个月就送采购站吧。验猪员走后，娘一直眉开眼笑，和谁说话都是笑嘻嘻的，再喂大肥猪吃食也比较及时，拌的饲料里不光有青草糠和刷锅水，每一顿饭都给加上两碗人都舍不得吃的玉米面，并兑上两勺泡了许久豆饼的水。娘说加这些好东西是在给肥猪催肥，目的是让猪更加胖起来。娘还和两个孩子算账：特等猪是一毛九一斤，一等猪是一毛七一斤，二等猪是一毛六一斤，咱这大肥猪估计评不上特等，一等是不成问题的，咱喂的这肥猪现在看看至少要有140多斤的分量……来来，金麦，你算算咱这大肥猪能卖多少钱。

金麦赶紧从书包里掏出笔本，在本子的反面认认真真地写了个算式：$1.7 \times 140=$，低头算了一会儿，她惊喜地说："娘，娘，238，238元。"

娘笑得合不拢嘴了："今年能过个肥实年了，咱家欠了人家600元饥荒，这次先还200元，余下的38元能给你们一人扯一套新衣服，再剩了钱咱……"

"我要买小人书。"春光大声地喊。

"好，好，就给你买两本小人书。不过，过了年咱再喂上两头大肥猪，你可要勤快一些，多和姐姐出去挖菜……"娘春风满面地答应着。

要往公社采购站送猪的时候，爹也请假回家了。晚上，全家人都高高兴兴，爹和娘还多少次地提着灯笼领着两个孩子到茅圈里看大肥猪，大肥猪似乎已经感觉到了末日的来临，烦躁地"哼哼"着，在茅圈的平台上走来走去。高兴之余，娘又忍不住叹了一口气："十多个月了，真不舍得……"娘说着还抹起了眼泪。

第二天清晨，还不到抓猪的时辰，春光就早早地醒了。那时候，爹正开街门让帮忙抓猪的街坊进家里坐，娘和金麦在给大肥猪喂最后一顿美食。春光刚穿好衣服下了炕，抓猪行动开始了。爹领着几个男人一进茅圈，大肥猪就大事不妙地嚎叫起来，声音悠长而嘹亮，估计全村人都会从睡梦中惊醒。

大肥猪在疯狂的挣扎中，最终还是让爹他们扑到，并结结实实地把四条腿紧紧地系在一起，然后被抬上了胶轮车上，用绳子左一道右一道地给捆绑好。最后，爹试了试胶轮车的前后沉，领着两个孩子，推着大肥猪上了去公社采购站的路。

天开始蒙蒙发亮的时候，爷仨个终于赶到了公社采购站的生猪收购处。好家伙，收购处的门前竟然排着长长的送猪队伍。傍近中午的时候，春光家的大肥猪才被安排验等级。让人沮丧的是，春光家的大肥猪仅仅给验了个二等，一毛六一斤。

娘听说这个消息后，不停地埋怨爹肯定是没有给验猪员递香烟抽的缘故。爹垂头丧气地说："都怪你，早晨喂的食太多，路上该死的猪拉了两泡屎，在收购站门前又拉了两泡，还尿了两三泡尿，损失了足有五六斤，不信你问金麦。"

"娘，娘，真有意思，在路上的时候，大肥猪跑，跑了。"春光拉着娘的衣袖说。

"猪跑了，怎么跑了？"娘的脸刹那间颜色更变。

原来，从家去公社采购站的路有二十多里，爹是工人，没有经常推胶轮车的农民经验丰富,使唤着傻力气推车五里多路的时候就大汗淋淋,腰酸腿疼,忍不住要休息一下。金麦跃跃欲试,非要推推胶轮车试试不可,爹也是禁不住金麦的哀求,就把胶轮车给金麦推。金麦的力气太小,好不容易把车把抬起来,踉踉跄跄地把车子推出了五六步远,车子和猪一同倒在了地上。也是大肥猪一路的挣扎,绑着的绳索渐渐松了,车子一倒,爹和金麦一扶扶不起,二扶还没有扶起,猪就挣开了绳索的束缚,扭扭斜斜地跑了。幸亏早起拾粪的几个老头,否则,损失就更大了。

挖陷阱(上)

小时候,我最喜欢的就是打日本鬼子的电影,例如《地雷战》、《地道战》。呵呵,看了《地道战》又看《地雷战》,真是过瘾呀,边看电影,我边和我的朋友旭东研究:我们也要,不,我们明天就要挖个大陷阱。

挖陷阱真是个力气活,好歹我们的小伙伴们还比较多。当然,力气活的主力还得属旭东。这家伙比同岁数孩子长得壮实,个头也高大,最关键的是只要有人赞叹“旭东好力气”,他就肯出汗。

这时,有几个大一些的孩子说:“挖陷阱去。”说完了就各自回家拿铁锨和镐头,集合好了,却找不到要到哪里去挖更合适。有孩子建议:去场院。于是,我们就浩浩荡荡去了场院。刚刚挖出三个脚脖子深的土坑,恰好生产队保管出来办事经过。这保管,真是穷疯恶极凶狠毒辣,日本鬼子扫荡解放区一样举着木锨张牙舞爪地向我们扑来。见情况紧急,大家迅速撤退,建刚跑得太急，基本可以算上是抱头鼠窜，因此，就把自己家里的铁锨让保管给缴获去了。这样的胆小鬼，如果是在战场上，早就让指挥官“噼叭”一枪结果生命了，所以我们才不会可怜他呢，让他自己每当见了保管，就像见了“太君”那样屁颠颠地当“翻译官”去吧。这时，振杰很大度的一声“去我家”，我们大家就敲着得胜鼓向振杰家转移。

振杰家天井的土比较松软，我们几个也肯出力气，很快就挖出一个膝盖深的土坑。

大家正在热烈地讨论应该如何伪装这个土坑时，振杰娘急赤白脸地回家来了。看我们忙活得不善，一时也猜不到出了什么事：地瓜窖子家里有了，萝卜还在地里等着收获，难道是自家男人一时等不及了，要孩子们提前掘萝卜窖子？可也不该在天井中央掘呀。想不出所以然，就慢声细语地问振杰在干啥。振杰却是个记吃不记打的狗，对敌作战经验一点也没有，更不懂个坚贞不屈，将计就计什么的，娘一问，还认为自己能耐大，正在给家里做突出贡献一样，他很自豪地挺着胸脯说出了实话：“挖陷阱！陷人。”好家伙，这话可是捅了马蜂窝。知道振杰娘是个什么脾气吧？一听宝贝儿子的实话，不由分说，一把扭过振杰的胳膊，不假思索地从房檐处抽到一根小绳，三下五除二地把振杰捆个结实，然后干净利索地把振杰吊到屋梁上。振杰绝对当不了英勇的八路军战士，娘对他即将进行的严刑拷打准备工作刚刚开始，他的小脸就白了，眼泪鼻涕的流了一脸，叛徒一样地哀叫救命：“娘呀，娘——我再不敢了，我再也不敢了呀，娘……”声音凄厉，传出老远，让人不寒而栗。

行了，到某个人家天井里挖陷阱的路算是彻底行不通了。

这时，我说：“跟我走。”有人当然不会相信我，但旭东是我的忠实朋友，人家马上抗着铁锨跟在我的屁股后头。我见自己的号召响应人不多，不由自主地在远处停下脚步，回过头对着那几个犹豫的孩子说：“我数一、二，数完了，还不跟着我的，以后再去就是吃屎的狗。”旭东也跟着配合：“对，是狗，还是母狗！”说完，我们两个人一齐喊：“一、一、一……”这时有三个孩子已经动摇，正在往我们那里挪步，当我们两个人一同喊出“二”的时候，大多数的孩子就加入到我俩的队伍里。我们俩人喜悦地相视一笑，然后猛地转过头。我随即大喊：“同志们，冲！”“冲呀——！”其他的孩子举着铁锨跟着向前冲锋。

我把大家带领到我家的屋后。

我家的屋后是生产队的苘麻地。这时月，苘麻早已收获完毕，土地正闲置着。这里的好处是：土质松软，适合挖掘；最大的好处是：没有大人来管。

我可没有撒谎，孩子们都挖过七八个土坑了，真的就没有一个大人来多管闲事，其间，也有大人路过，但只是好奇地观望了一眼，连话也没有说，就“像帝国主义一样，夹着尾巴逃跑了”。

土坑挖好后，有几个孩子很束手无策。好半天他们都不知道该如何进行下一步。许多人都妄想把坑口伪装好，有的抱来了麦草，有的找来了破纸壳，有的还拾来了一些树叶，最好的是弄过来几个梧桐叶子。可惜梧桐叶子也是太小，还是不能把挖好的坑口盖住。这时，我的聪明才智又发挥出来了，我找来了几根树棍，往坑口上面一担，再将梧桐叶子铺上，嘿，坑口一下子就盖得严严实实。然后，就又往梧桐叶子上面撒土，下层铺的是湿土，上层铺的是干土，这样，坑口就丝毫也显示不出痕迹了。我忙活完这些，很自豪，拍着沾在手心里的土，得意的像完成了一个伟大的作品。

大家看到我将一个陷阱弄成功了，其他人马上行动起来，他们纷纷借鉴着，把另外几个坑口也设计成陷阱。到底还是人多力量大，以后设计完成的陷阱做得更加完美：有的人将坑口上用干土铺好后，还学着电影上民兵埋地雷的样子脱下自己的鞋子，把鞋底轻轻地按在伪装的坑口上面，好像有人刚刚还从上面踏过；还有的在坑口放上了几个死蚂蚱；更有的人为了麻痹敌人，还在远离坑口的地方放上一摊牛屎，让会写字的哥哥姐姐给写个“小心地雷”的牌子，插在牛屎的旁边，引诱敌人顺利地进入陷阱。为了更好地打击敌人，有的陷阱底里还被放进了大粪，还有的插进了尖锐的树枝，当然，还有的把家里的污水端出来，倒在了陷阱里面。

挖陷阱（下）

以后，我们再玩“好人打坏人”的战斗游戏时，都要在自己的碉堡附近，挖上这样几个陷阱，每当甲队即将占领乙队的阵地时，甲队都要派出精干的力量去“排雷”。

战斗中，旭东最爱丢“手榴弹”，抓起一块土块，放在嘴边做了一个“拽导火索”的动作，然后迅速地把土块射向敌人的阵地。土块落地后，像真正的手榴弹那样爆炸了，“轰”的敌人纷纷逃窜，也有的孩子像英勇的八路军战士被日本鬼子的机枪射中一样，捂着自己的胸脯，使劲地哆嗦几下身躯，然后一手使劲地指着对方地阵地，含恨壮烈“牺牲”。其次，旭东还喜欢到敌人的阵地“排雷”。战斗前，我喜欢在自己的帽子里面装进一根柔软的缅条棍，打扮成军官帽的模样扣在头上，发现敌人正在四处逃窜，立即把两只手握成空拳举在眼前，首长用望远镜侦察敌人阵地一样地瞭望。敌人不像有诡计，也没有形成包围圈，这样，我才挥手命令队伍停止开火。与此同时，头戴用树枝条编制成武装帽的旭东快步跑过来接受任务。我严肃地命令：“穆副官，我们掩护，你马上带领同志们去排雷。”

“是！”旭东响亮地应着，拿起战斗开始前就已经用树枝围成的“探雷器”，率领着两个战友卧倒在地上，用两只胳膊匍匐着向敌人的阵地前进。

其实，敌人阵地上的陷阱已经被破坏了一些，刚才投弹的时候，几个“手榴弹”正好在陷阱的上面“爆炸”，把坑口给“炸”出来了，另外几个，由于伪装的坑口千篇一律，也是很快让旭东给探了出来。旭东将探出来的陷阱全部插上标识后，及时地站起来，挥臂高呼："同志们，冲啊——"

有一次，我们这支队伍在苘麻地里要挖一个深陷阱时，挖出了一只龙缸。这个龙缸倒扣在离土上层不足一米的深土里边。刚挖到这个龙缸的缸底时，是旭东在工作，一见挖到了硬底，他本来不想继续挖下去了，因为这个陷阱已经够深的了，也够大的了。但是，我的好奇心重，于是命令大家再扩展坑口，并继续往下挖。我曾经听饲养屋的老吉发说过，地球是个圆的，在我们的脚下同样住着有人家。老吉发信誓旦旦地说，有一个钻井队就曾经把地球给钻透了，正好钻在人家的天井上面，把耳朵贴近井口一听，听见下面的一家人在向邻居借斧头，说是要砍猪头吃。这次我就认为旭东把地球给挖透了。我把这个想法往外一说，大家的干劲立刻冲天。

但是我们毕竟太小，最后这只缸口足有一米的龙缸是在旭东的哥哥和表哥这样的大孩子帮助下挖出来的。为了看看龙缸里面扣着什么好东西，几个大孩子费尽全力也没有把这个龙缸搬出来，最后只好找来大石头把这只龙缸砸破了。真是奇怪了，这个龙缸砸破了，里面竟然还装着一个小一套的龙缸。于是就又用石头把这个小一套的龙缸也砸碎，现出来的当然又是一个再小一套的龙缸。我们一鼓作气，精疲力竭地砸碎足有十个一个比一个小一套的龙缸，最后剩下的是一个拳头大小的龙缸。这个龙缸很结实，就是几个大孩子轮换砸，竟然也没有伤其皮毛。是旭东哀求，几个大孩子这才同意这个小龙缸由我们承包来砸。砸不碎这个小龙缸的那几天，我、旭东、振杰这些"战斗英雄"都成了心事，天天翻着毛主席的《论持久战》研究，更像没有完成战斗任务的小八路那样伤心。最后，还是我在建刚家看见了石臼头，这才彻底解决了问题：把小龙缸放进凹陷的石臼里，然后，我们三个孩子用石臼头使劲往下一砸，小龙缸终于——碎了。

总之，挖了许多日子的陷阱，最让我们遗憾的是，我们挖掘的陷阱一个也没有发挥作用，也就是说从来没有陷进过一个人。为此，我们曾经想过到社员们经常走的小路上去挖，可是，这许多的小路上总是人来人往，估计一旦被发现，下场肯定很惨。有一天，旭东发现了一条不经常走人的小路，欢天喜地地跑来告诉我。我们几个一商议，立即带着铁锹、镐头出发了。

经过一段时间的观察，这条小路的确没有人走。我一声令下，大家从隐蔽的沟底窜出来，在安排一个人爬上大柳树当瞭望哨后，其余几个人马上投入战斗。

这条小路的路面真硬呀，使劲将一镐头抡下去，只能撬起一小捧的土，铁锹基本发挥不出挖土的功能了，只能从坑里往外擀土。但是，这些困难统统没有让我们退缩。为了挖这个陷阱，最后我们所有人的手心、手指上都给磨上了水泡。我们有一不怕苦，二不怕死的精神，没有一个人哭鼻子，也没有任何人觉得委屈，在将近一天的时间里，我们终于在小路上伪装好了一个最优秀的陷阱。

这个陷阱伪装好后许多天，都没有陷住人。几天来，我们不再玩其他游戏，天天都趴在附近的沟底观察。可是，连坑口上放着的几只迷惑敌人的死蚂蚱都让蚂蚁给拖去吃掉了，这条小路上竟然还没有经过一个人。我们真急呀，恨不能把可恶的保管骗来走一走。

几天后，天正下大雨，旭东冒着雨来找我，说："坏了，这雨一下，我们的陷阱漏进水去，可就毁堆了。"我一想：旭东说得非常正确。于是他说："走，咱们把草帽盖在上面，保护好它。"我们两个在我娘的骂声中，拿着草帽冲进了瓢泼的大雨中。

我们两个人拉着手赶到那条无人走的小路后，立刻搂着脖子在雨中欢呼跳跃起来：那个陷阱已经陷进了一个人。是个男人，一个推着木轮车的男人。

胜利了，我们胜利了！

那个被陷进去的男人呆呆地坐在大雨中，他的那只木轮车七零八散地泡在盛满雨水的陷阱里。

八岁那年洗年澡

终于盼到还有两三天就要过年了，我和旭东等几个朋友都要忙开花了，每时每刻，我们的脸上都挂着密密麻麻的汗珠，最壮观的是我们每个人的头顶上还升腾着一团婀娜的白雾。

腊月二十八临近中午的时候，我们正忙活着往一只母鸡的腚眼里塞爆仗，我姐姐不知闲忙地过来捣乱：“春光，你洗澡了么？”

“洗澡？洗什么澡？”我不耐烦地朝她挤鼻子弄眼，并假装不高兴地把被旭东点燃了爆仗引信的母鸡往她的脚前一丢。母鸡“咯咯”地叫着，不知死活地用花脖子蹭姐姐的裤腿。

“撤！”为了弟兄们的安全，我果断地下达了命令。就在我们拔腿跑的同时，塞在母鸡腚眼里的爆仗“嘭”的一声炸响了，没有战斗经验的母鸡立刻惊叫着双脚乱踢乱蹬，并妄想展翅高飞，却不料扑向了我姐姐的肩头，我姐姐惊恐失措地用胳膊挡住面门，并下意识地双臂遮面蹲了下来。嘿嘿！老奸巨猾的姐姐，她的这个受了委屈蹲下号啕的臭毛病再次拯救了她，母鸡蹬着她的肩头，越过她的头顶仓皇逃窜。

危险过去了，我姐姐又地主婆遇见还乡团一样地精神抖擞起来：“春光，我让你坏，我这就告诉娘去，让娘剥你的皮。”

姐姐一提娘，我就忍不住滴啦尿。这个女人太不寻常了，前天，因为在尿堆上放爆仗，娘一把扭住我的胳膊，不假思索地从房檐处勒到一根小绳，三下五除二地把我捆个结实，然后干净利索地把我吊到屋梁上。我起初还想当英勇的八路军战士呢，可是，在娘即将进行的严刑拷打准备工作刚刚开始时，我的小脸就不听话地白了，眼泪鼻涕流了一脸，咱识时务为俊杰，叛徒一样地哀叫救命："娘呀，娘——我再不敢了，我再也不敢了呀，娘……"于是，现在我就想起了今早晨娘拧着我耳朵叮咛地话："小祖宗，记着去洗澡，你身上都长鳞了。"

我开始翻我身上的口袋，不好，娘早晨给我的洗澡钱找不到了。我立刻又急出了一身汗："谁看见我的钱了？"我不能不怀疑我的几个朋友了。

"什么钱？"他们异口同声地问。

"我娘给我的洗澡钱。一毛。"我比划着，证明洗澡的重要性。

"不用找了，你刚才买爆仗了不是。"旭东是个臭嘴，他说话总是不知道转弯。

坏事了，现在真的坏事了，今天我如果不洗澡，我娘可真有可能剥我的皮。怎么办？怎么办呀？

"去电厂的职工澡堂呀，那里又不要钱。"旭东再次提醒我。可是那里看澡堂门的老头六亲不认，每次我都要惹一肚子气不说，耳朵都被他拧得发烫还不能如愿，如果还有爆仗，这次我想塞他的腚眼里。"前天晚上，我哥哥领我去的，我哥哥是红卫兵，看门的老头像买西瓜的汉奸，点头哈腰地就让我们进去了。"旭东接着说。

"让你哥哥也领我去，怎么样？"我腆着脸讨好旭东。

"你做梦娶媳妇呀！让我哥哥带你走后门呀！再说他刚洗过澡，皮都洗得通红发亮了，再洗就熟了。"

再有爆仗，我想塞旭东嘴里。我气得白了旭东一眼，转身往旭东家跑。也是我运气好，正好看见旭东的哥哥大东在门口有板有眼地洗那个红卫兵袖标。

"气死我了。"我站在他身旁大喊一声。

大东抬头笑眯眯地看我一眼："你个小屁孩，大过年的，气什么？"

“我听见有人大过年的骂我哥哥，我就来气。”我严肃地说。

“骂你哥哥？你也有哥哥呀？真是的，不要脸。”大东往地上吐唾沫。

“难怪别人都骂你痴大东呀。你不算我哥哥呀？好好，你愿意让人骂就骂去吧。”我转身就走。

“哎哎，你说哪个坏蛋骂我了？”大东果然急了，他一把拉住我的手。

“还能有谁？你前天晚上是不是带着红卫兵的胳膊箍去洗澡来？那个看门老头骂你，他说你是个二流子，带个破胳膊箍装……装能耐人……走后门，欺负人，他要到学校告你耍无赖。”我连说带比划。

“他真敢骂我？”大东站起来了。

“你信不信拉到。反正我是替你上火。”我说，“哥哥，你可千万不要找他，大过年的，再让人打了你……你别看那老头瘦，听说会武艺儿，你和他打，根本不是个。”

大东气得哇哇大叫起来，拉着我的手气势汹汹地奔向电厂的职工澡堂。远远地，看见那个精瘦的看门老头，尽职尽责地坐在澡堂门口的凳子上，目不转睛地瞅着进出澡堂的人。

“他真骂过我？”大东在澡堂门口不放心地向我确认。

我说：“你攥紧他的脖领子问他，他肯定承认。”

大东很听话地冲过去，一把攥住看门老头的脖领子，与此同时，我从老头展开的胳膊下钻进澡堂。

立刻，澡堂的门口人声鼎沸。在嘈杂声中，我赤条条地往蒸腾的热水池子里挤。池子里人山人海，一个又一个黑瘦的身子边是一圈又一圈豆腐渣一般恶心人的肥皂沫。这个样子，我什么时候才能洗干净身子呀？

突然，门口有人大喊：“不好了，打死人了，快报告公安局……”这一阵紧过一阵的喊声，让热水池子里的人“扑通、扑通”地一跃而起，他们胡乱地套着衣服往门口跑。

啊，啊，水真，真热呀，我走进了热水池子，双手积极地往头顶上泼水，呵呵，我马上就会像拔了毛的鸡一样雪白雪白的了。

第三辑

别逼孩子，他不欠你什么

别逼孩子，他不欠你什么 / 启蒙 /
人生最像哪种“棋”？ / 过年 / 换笔经历

别逼孩子，他不欠你什么

我的儿子六岁了。六年来，我已经记不清有多少人询问过我教子的方法了。因为我是个业余作家，所以不少人认为我在教子方面也会有一套。当人们听说我至今还没有教儿子一个字的时候，都怀疑我的儿子可能不是亲生。“‘养不教，父子过’，你怎么对孩了这样不负责任？”每个人都对我这样说，他们痛心的表情让我哭笑不得。我总在想，三岁就能背十首唐诗的孩子真能有大出息吗？不知你小时候背的那些唐诗现在还记得几首？

我也像任何一个做父亲的一样，爱自己的儿子，也在“望子成龙”。然而，我永远也不会拿着棍子逼自己的孩子写作业、弹钢琴、练书法……我只希望我的儿子，能稍稍超过我一点点就行。我初中毕业，他高中毕业就行；我当股长，他当科长就行；我一个月挣500元钱，他能挣600元就行……当然，我也不是不盼望我的儿子有更大的成功，可是我总得有点自知之明吧：我们两口子的手指头都有棒槌那样粗，你相信我能把他培养成大钢琴家？我本人如果是下岗职工，我就是不吃不喝，也没有把握把孩子调教成国务院总理呀……我这些比喻，你也许觉得我是在抬杠，因为你盼望孩子出人头地已经盼得不会分析自己的处境了，你总会对孩子这样说：“爸爸妈妈不行，可就指望你了。家里的活不用你干，你只要好好学习就行。”你还会说：“不准看课外书，不准看电视，不准……”你揪着孩子的耳朵一遍又一遍地教导，当孩子含着眼泪写作业练书法搞绘画的时候，你如释重负、心满意足地踱进另外的房间：或者看悲喜无常的电视剧，或者找几个麻友搓搓牌。当你突然想起还在写作业的孩子，风风火火地奔进孩子的房间时，你会看到孩子正趴在桌子上睡觉。

妻子刚怀孕时，有人告诉我，该买胎教磁带了，我说：“鲁迅的娘没有听胎教磁带，鲁迅是中国最伟大的文学家，爱迪生的妈妈也没有听胎教磁带，爱迪生是世界上最伟大的科学家……”儿子出生后不久，有人又约我一同买“0岁方案”，我把以上的话重复一遍后说：“……不会起作用的，如果真起作用的话，我们国家的最高权力机构早就下通知了：凡结婚生子者，必须买‘0岁方案’。因为我们的国家为了提高人口素质真是愁得焦头烂额，现在有这么简单的提高素质的方法，为什么不提倡？”那人像看精神病人一样看我，最后他自己坚决地花钱为自己的孩子邮购资料去了。昨天，我在写这篇小短文时，找他了解他为儿子邮购的那堆材料用到了什么程度。他说：“嘿，不好使。那些破书我是看不懂，早让我擦屁股了。”

如果你自己觉得自己没本事，不能凭自己的学识影响孩子、熏陶孩子、鼓舞孩子，不能把孩子的起跑线尽可能地往前画，就不要逼孩子了。每一个孩子都有玩耍的权力，但却没有负担连你自己都永远也实现不了的理想的使命。你就让你的孩子也拥有一个幸福的童年吧。我坚信，仅凭棍棒，仅凭您不辨菽麦的教导，是造就不出大歌星和伟大的艺术家的。

千万别逼孩子，他不欠你什么！

启 蒙

在村里，最大的名人是我二叔。

二叔的风光在冬天。

当村民们还在北风怒吼中战天斗地“学大寨”时，他领着一群少男少女在炉火通红的屋子里咿咿呀呀地排演吕剧。二叔是导演。当然，也兼演员，一般是兼比较滑稽的反面演员。比如《红灯记》里的王连举、《智取威虎山》里的小炉匠栾平什么的。那一年，几个村子排演的都是《李二嫂改嫁》，在串村公演时，就有了比赛的性质。结局是二叔导演的剧组走到那里都是一片叫好。让大家频频称道的是二叔兼演的李七，又可恶又可笑，最让人意料不到的是，那几日的演出现场，冰冷的雪花一个劲儿往人棉袄里钻，而台上，二叔依然穿着夏天的短衣裤，活灵活现地刻画好吃懒做的李七在扇蒲扇的形象。

我 13 岁的那年夏天，村里许多男女青年都爱好上编写小戏，编写后就送给二叔，让他亲自指导。他们围着二叔，兴致勃勃地听二叔评价好孬，自我感觉良好地朗读着自觉优秀的句子，有时还用吕剧的曲调唱自己得意的唱词。我在旁边听着，一次也没有感觉到优美，倒觉得他们写得似乎太狗屁。想想自己的作文在学校里可是很上名次的，也从没这般牛皮，于是一连几天依照《儿童文学》中的一篇小说，仿写了篇作文《谁美？》，打好草稿后认认真真地抄写在作文簿上。抄完，自己怎么看都是得意，平时我们写作文，也就写500字，写800字的都是优秀了，而我这篇长作文足有3000多字。于是，兴冲冲往二叔家赶。在二叔家门口，被在门外纳鞋底的二婶堵住不让进门，说二叔正在家编小戏，不敢打搅。我立刻发挥写作文撒谎的优势，骗二婶说代人送稿子，送了就走。

进门看见二叔打着赤膊和赤腿，仅仅穿着一条花裤头，坐在躺柜旁边，一手摇着蒲扇，一手用钢笔拄着稿纸，头却高仰着瞅着屋顶。见我进屋，很不客气地问：干啥。我是比较自信的，把写的作文递给他。二叔见了作文本还比较疑惑，不信任地瞅瞅我，随后翻看我写的作文。翻完后，他很兴奋，一边在屋子里伟人般踱步，一边喷着唾沫星子教导我：哦，写稿子嘛，要写在专用的稿子上，喏，稿纸。他递给我小半本稿纸，继续说，觉得写得好了要一笔一画抄写了稿纸上，记住，错了字也不能涂改……知道创作最最讲究什么吗？虚构！对，是虚构，我刚才那个样子，就是进入虚构的境界。我连忙想他刚才的样子，问："就是瞅屋顶吗？"二叔说，那不叫瞅屋顶，那是虚构的前提，是在思考，思考的下步是正式虚构……二叔讲了许多，讲到最后，他很激动地把县文化馆内部编印的写作理论书《文学技巧》赠送给我。说实话，这本书是让我敲开文学大门的法宝。

秋天，我通过自己的思考和虚构，写了一篇足有4000字的儿童小说《星儿闪闪》，二叔多次指导我修改，最后，终于让他觉得很满意了，才让我工工整整地往稿纸上抄写，他在一旁给我打下手：洗苹果剥花生皮什么的。抄写后准备投稿的目标我们选择的是《儿童文学》。二叔亲自用牛皮纸给我糊的信封，还亲自给我写了封皮上的地址。那天晚上，我们很激动，因为我们都是第一次投稿。

收到退稿是在冬天，是二叔给我带回来的。虽然收到的是退稿，但整个冬天，我和二叔都是很兴奋的，因为《儿童文学》的编辑不但给我们退回了稿子和我邮寄稿子的邮费，还写了足足四大页的修改意见，并希望我今后经常给他们寄稿，还教了我们如何投稿：就是把信封的右上角剪个口子，写上"邮资总付"就可以了。

以后，我开始了艰难的写作，每写好一篇，都要让二叔给提意见。16岁我初中毕业，17岁进城上班接了父亲的班，18岁那年3月，我终于发表了小小说处女作《猎物》。收到样报那一天，二叔激动得满脸流泪，他在村子里大声地宣传，而且，破天荒地亲自下厨炒菜，让二婶去供销社买酒，由他和他排演小戏的主要人员陪我喝了个一塌糊涂。那是我第一次喝酒。

爱好文学的二叔至今都没有发表一个铅字，但这丝毫不影响他谈论文学和文坛，直到今天，我们见面，谈的话题90%都是文学。因为我们的酒量不相上下，我们还经常找机会在一起喝个小酒，喝到兴奋的时候，我们叔侄俩就像哥们一样拼起酒来。二叔满脸通红地说：“我，我最大的成功，就是对你文学的启蒙。”

哈哈，因为文学，因为酒，我的启蒙老师就经常地成为了我的哥们。

人生最像哪种“棋”？

真是奇怪，晚上在梦里，竟然与人探讨“人生如棋”到底是像哪种“棋”。醒来，自己默默念叨：是呀，人生如棋究竟是像哪种“棋”呢？

我扳着指头数自己脑袋里装的几种棋类：围棋、象棋、五子棋、跳棋、军棋、斗兽棋……六种？完了？也许！

具体说，五子棋仅仅是听说过，到底怎么回事，我是一概不知，所以我敢断定，人生决不会像五子棋——想想呀，连多才的小说家都不熟悉的棋种，普通老百姓的人生怎么能与其相比？至于斗兽棋和跳棋，我在做孩子时都玩过。记忆中，斗兽棋的规则是“以大欺小和以小治大”，比赛时，先是以大胜小，例如，狮子可以吃狼，狼要吃羊什么的，最后是以小治大，小老鼠能够洋洋得意地制服大象。至于理由？规则规定，小老鼠能钻进大象的鼻子里，钻深了就进了大象脑袋，那样，大象就要呼吸难受，或许还有生命危险。这过家家似的，肯定与人生的含义搭不上边。至于跳棋，规则更缺德，成功的主要途径是“想方设法地为自己铺路，千方百计地给他人拆桥”，真厚黑呀。假如人生的含义如此这般，那么，人在地球上的日子也的确兔子的尾巴——越来越短了。

那么，人生如围棋吗？我不懂围棋，看电视电影中的有关镜头，围棋好像类似于占山头和扩地盘，估计与普通老百姓的人生也没有多少相似之处，这当然是我的自以为是。以后，我到网上搜索“人生如棋”，真还吓了一跳，说人生如围棋的居然铺天盖地，什么棋初布局，可运用自己熟悉的定式形成全局的发展路向，棋入中盘，为进攻或化解进攻，要运用战术，或声东击西、暗度陈仓；或丢卒保车、巧取豪夺；或背水一战、浑水摸鱼，为功名利禄可东奔西忙，可机关算尽，可不择手段；还说棋初的全局策划及中盘时的战役策划是夺取胜利的关键，没有好的策划，则棋局难以取胜，为此教导人说：没有合适的人生目标和完善的人生计划，就没有成功的人生。此答有一定的道理。但我一笑。这很是笼统，针对的更像是胸怀天下的英才。还有，就是围棋各个棋子之间是平等的，没有高低贵贱之分，这也是许多文章所推崇所向往的。实际也只能是向往，人在世上怎么能平等呢？怎么会是在同一起跑线上呢？

也有说人生如象棋的。一说：象棋 90 个交叉点代表着人生一步一步的脚印，每走一步，代表着人生的每一次抉择，一招不慎，全盘皆输；又说：象棋棋子间等级森严，各子行走都得循规蹈矩，不能越雷池一步，是儒学“君君，臣臣，父父，子子”的翻版。此答道理较足，但我还是一笑。不笑怎么可以？与我的想法还是有出入的嘛。

认真思考后，我觉得，人生最像的应该是军棋。对，就是我们童年玩的那种首先洗乱棋子，然后摆在棋盘里，最后一翻一瞪眼的那种最粗鲁玩法的军棋。

我认为，军棋比象棋更加等级严格，在象棋中，因工作需要，小卒可以吃掉车、马、炮，为了夺取胜利，连士、相、将也照吃不误；然而，军棋呢？工兵除了挖地雷的干活，连营长的面也见不上，要见军长、司令什么的，那是痴心妄想！这多么像我们的现实生活呀。玩象棋，有时是可以悔棋的，遇对手要二皮脸，你不让悔棋都不行。但玩一翻一瞪眼的军棋，根本不存在悔棋——一个棋子翻开了，你是排长也好，他是炸弹也罢，只要翻开了，你的就是你的了，他的一定是他的！你要悔棋，我们这盘棋就没法再继续下了。这像生活，您选择的道路走过了，就再也退不回去了。

我觉得，军棋和人生最大的相似处是平常中见险峰。生活中，你根本不知道自己什么时候会最幸福，什么时候又会最痛苦。俗话说："人生在世，三十年河东，三十年河西。"可是你从来就不知道自己此时此刻是站在河西还是河东，换句通俗点的话说，你根本料不到，明天的你是否比今天活得更得意或者更痛苦。这就是军棋：一颗地雷挡住前进的道路，千军万马无路走，一筹莫展间，翻开地雷旁边的最后一颗棋子，竟然会是最最需要的工兵；也或许，敌人万军丛中，我司令突然显身，欲大显身手杀其片甲不留，料不到一步没动，首先撞上的竟然是对方的炸弹。嘿，祸福无常是人生啊。这军棋，还让我们知道，人在世间的渺小和伟大，实话说，没有几个人会准确地理解自己的能量，许多自觉成功的人士，可能不会正确理解"地球上，离开谁都有损失，但离开谁地球都照转"的真谛，他们容易夸大自己的丰功伟绩，总认为自己是救世主。其实他救的只是他自己，他的存在与否，与地球的转动，没有哪怕丁点的直接或间接的关系。这就是军棋，你可能司令、军长俱全，你笑呀乐呀，要马上收复失地，全歼对手尚剩的一个团长和工兵，但是突然间，你发觉你们失败了，因为你看到对手的团长已经带领着工兵兄弟，悄然挖光了你的地雷，扛着你的军旗在凯旋。哦，你司令、军长有什么了不起呢？不是照样有失败吗？

军棋如人生。您有闲往细里琢磨，会说军棋是人生！

过　年

最近几日，我儿子每天都要问我，还有多少天过年？虽然他在元旦那天，就在日历上做了记号，并且数学中的加减乘除他也做得挺好，可是，他仍旧要不放心地问我。

他的询问让我很痛苦，因为这几年的年味在我的心里越来越淡，每天忙忙碌碌，走了太阳来了月亮又是晚上，觉得刚过的春节还在身后，转过身，“今年”又“砰”地撞到自己到眼前。沉思过后掐指细算：天啊，我原来马上就是35岁了，照这速度，再过35年也会弹指一挥间。想象真是太可怕了。自己怎么活来活去好像活得轻于鸿毛？

我真的不明白，似吾儿小辈现在为何还会盼过年，他们可不似我等童年，虽然没过万恶的旧社会，但细想开来，那岁月与现在讲来，仍如故事演义。

其实孩时盼过年，无非吃、玩、穿三事。记得我小时盼过年也是盼得眼蓝，平时吃的饥一顿饱一顿，一年除了玉米饼子蘸酱油难见几次绿菜，（据说再早年间玉米饼子也见不到。没经历过，咱不说的好）过年了，才会吃一顿我母亲的拿手好菜——猪肉炖粉条，还有就是餐一次除夕夜的饺子。这饺子有分教：一白一黑，白面饺子一人分两个，黑面饺子一人分八个，还想吃？对不起，请来年除夕夜见。妈妈说多吃不吉利，其实是没有了。记得正式饱餐一顿白面饺子是我八岁那年，也是我父母经验不足，见我一口一只的抢吃，不但不阻拦，我父亲还笑眯眯地说："这次管你吃够。" 好家伙，这年的除夕夜，我算遭了大罪：半宿时吐了个翻天覆地慨而慷。以后直到结婚后，再见饺子，眼再馋也不敢尝一个，不服气吃一个试试，两个小时一到，必定再遭一次与前次相同的罪：直到吐净苦胆水为止。我妻是个好同志，她毫不利己专门利我，在物质生活逐步提高的今天，她合理搭配饭菜，取得了较好的成绩，今天我吃饺子胃疼的病终于好了，又可以随心所欲地吃饺子了。想吾儿小辈，想吃饺子可以天天像过年一样吃，并且，他也享受了我儿时的梦想：经常性地到"馆子里吃香的喝辣的"。这样说来，他还盼过年做啥？

其二是盼大玩一场。玩有两种：一是玩爆竹。爆竹男孩子谁不喜欢？可是"爹爹钱少不能买"。人家的孩子都有，咱又不能不放着玩，所以放寒假的第一件事就是拉帮结派去赶镇里的大集，直扑卖爆竹的河坝。河坝上，许多卖鞭炮的用竹竿挑着一挂又一挂的鞭炮争先恐后地放，一阵惊天动地的爆竹鞭响过后，硝烟中，孩子们一齐去抢散落一地熄稔的鞭炮，有响得迟的鞭炮正好就炸了那个孩子的手。有一年，爆竹市场竟然炸了，真如同战场一般，爆炸声此起彼伏，浓烟滚滚，人嘶马叫，要多惊险有多惊险。现在城市禁止放爆竹，农村的安全意识也有了很大提高，再说又只生一个好，让孩子玩爆竹的父母少了。二是看村里排大戏。正试演戏前三天，大场院里就让人用滑石画了一个又一个正方形长方形，这样占好的地方等大戏正式开演时，才会放上凳子。但是这样占好的地方不让孩子守着看着，往往有变故，或许在你放凳子时，就会有人说这个正方形是他画的，最后的胜利者往往是拳头大或半大孩子多的人家。几乎所有人家的孩子都会到场院里占地方，天气好时，晚上也不回家。其实许多孩子也不是为了占地方，图的就是在一起玩热闹，大戏正式开演时，边看边睡觉的多。现在农村也有二十多年不排戏了，电视普及了吗。说实话，提起现在的电视，就是广告拍得也会让那时的孩子感到不可思议。

其三就是穿了。我小时候，要过年了，父母很少给做新衣服的，往往是除夕夜的时候，妈妈先让我钻进被窝，然后，吹了点了一年的小油灯，借着亮如白昼的蜡烛光，给我裤子换上三块新补丁，大人穿烂的袜子，剪去袜底，缝到我的破棉袄上。外套就是哥哥或姐姐穿小的让染匠染过的衣服，很好的，一个补丁也没有，给爷爷拜年磕头都怕跪脏了。

我就问儿子，为什么盼过年，他想了想告诉我："我要赶快长大，大了当科学家，我要发明一种新电池，不管是电器也好，还是汽车飞机，装上我发明的电池，能用一辈子。天空中再也没有乱七八糟的电线了……"

嗨！时代真是变了，我们刚告别了油灯，盼来了电灯电话，他们竟然嫌电线害眼了。

换笔经历

想想现在的写作真是惬意幸福。灵感来了，打开电脑，噼里啪啦一个时辰，一个千字文肯定能够敲出来。文章成型了，自觉兴趣蛮高，就前后文拖着鼠标自我欣赏，发现错字别字马上消灭，觉得哪个自然段还要加点内容，你尽管继续敲键盘，不管时间过去多久，都没人会发现您在的稿子里又动过手脚；觉得自己已经把要写的都给表达出来了，连门也不用出，可以立刻点击网页上网：进自己的博客也好，进自己喜欢的论坛也可，当然，进自己的邮箱就得先输入密码。

复制进邮箱的稿件是发给编辑部的，小目的是名利双收，大目的是育人醒世；复制进博客或论坛的稿件，一般是自觉文章育人醒世功效小一些，报刊可发表的几率不大，自己想，那就先发表在网络上，目的是让文朋师友表扬几句,也可提点不太严厉的意见,让大家觉得咱还是很有写作潜力的,以后或寻求机会发表或修改发表,当然,您假如一直不想在报刊、杂志、电视电台上发表,也没人会苦口婆心地给您做思想工作,只会自生自灭。有报刊杂志的编辑或许无意间发现大作有借鉴学习的妙处,性子缓的,或电话通知或邮件告知,然后在自家园地里给发表出来,一般也能给作者寄给样刊或样报,作者也是还有获利机会的。但遇到性子急的编辑,人家总是先把美文发表出来再说,至于样刊呀样报呀稿费呀,统统是看编辑大人的心情好孬。不幸被作者本人发现的,作者时运好的,结局是皆大欢喜,时运差的,肯定惹一肚子气,想想文章还不如不写,倒忘了自家写文章的目的:不是要育人醒世吗?咳!

想想咱当年的写作真是苦呀,是真苦,苦得咱都不想再想了,可是为了完成这篇小文又不得不想。怎么苦?先是没有写字台。我记得曾经在凳子上写过,也在床上也写过。在床上写,是趴着写,写累了就坐起来活动身子骨。冬天是盖着棉被垫着枕头写。当然,夏天最好不要在床上写,最惬意的是把水缸上弄个盖板,双腿抱着凉丝丝的水缸写,这种写作方式很起劲的,不信你可以试试。但是,抱着水缸写作也是有缺点的,那就是写着写着全身就精湿一片,闹不清是热的还是水缸渗出的水汽,还觉得特别累,写不了一千字,全身散了架一般。

我估计咱写作的时候还算幸运的,主要是赶得时候好,用毛笔写字的岁月已过。我当时写字开始用的是钢笔和圆珠笔。圆珠笔写作容易累人,写出的字还比较难看。我倒很想用钢笔写作,可是,事总不遂我愿,多用的还是圆珠笔,特别是誊清稿件时,必须用圆珠笔,复写留底稿呀。那时候,誊清稿子时,我一般都要休班,弄出本最薄的稿纸,垫上复写纸,从早上 7 点左右,开始边修改边抄写,一般在晚上六点左右,一篇 8000 左右字的短篇小说就可以誊抄完毕。誊抄稿件过程中,做得最多的动作是,扭扭脖子,晃晃手腕,划划笔尖,挤挤让笔压塌的中指,还会去厕所小解三次,以及在誊抄稿件的同时,进食简单的午餐。

好像是 1991 或者 1992 年时才听说有用电脑写作的。是电台播送的新闻，说北京有作家开始换笔。逐渐得到的消息很多，记得是在报上看到贾平凹得了个文学大奖，奖品是台昂贵的笔记本电脑的。再以后，就是1995年吧，听说我们市文化馆的一个创作员买了电脑，什么什么的286，价格是10000多元钱。这消息让咱听了，舌头伸出去差点就没有缩回来。那年月，咱一个月的工资也超不出100元呀。但这电脑让咱眼热、嫉妒和向往，像贫下中农盼实现共产主义那样妄想：什么时候，咱也能买上电脑呀。

单位有个打字室，新上了台“四通打字机”，专门给公司打印文件和材料，咱看着神奇，就经常去串门。当然是偷着去，人家的门上贴着“闲人免进”的告示，据说是领导亲自安排的。另外，打字员是两个骄傲的姑娘，根本不和咱搭腔。但咱也不顾及脸面，仍旧经常找机会偷着观察人家怎样打字。也是“不怕贼偷就怕贼惦记”，咱成天想坐下打字，怎么能找不到一点机会呢？以后，咱果然就亲自在打字机上偷着打了两个千字文。那个怕领导发现的时刻的惊憷心情至今难忘。

1996年，想买电脑的想法已经彻底深入我的心里，每次在誊清稿子，我都会像念叨“老三篇”那样背诵自己的理想，念叨得妻子觉得心烦，总说：“你喜欢就借钱买吧。”乖乖，我借钱买，最便宜的电脑也要10000多块钱呀，和我家居住的新房一个价钱。

1996年年底，一个激动人心的消息终于传来，商店里出现了一份便宜电脑在卖。据说只要1000多元，起初不信，最后终于跑着去了专卖店，果然：名字是“裕兴普及性”电脑。真的不是电脑学习机，是一个带着软驱可存盘，带着连接线可外接专用打印机的键盘式电脑。显示屏可用电视机代替。这次，我二话不说，立刻用所有的积蓄购买了回家，兴冲冲地连上电视机，呀，不错。真的可以打字，并且还与单位的打字机兼容，我在家打出的内容，存盘后可以带到单位，偷着在单位的打字机上再打印出来。我在这个电脑上打的第一篇短篇小说就是《死亡调查》，这个短篇小说之后发表在1999年的《花溪》杂志上。

因为种种原因，之后，我又为这个电脑升了级，买了专用显示屏和专用打印机，粗略算算，这个普及性电脑一共用去资金 5000 元，我用了三年多一点的时间。

1998 年，是我工作消沉但写作收获的一年。这年，我被单位安排在潍坊西火车站驻站。平时的工作主要在上午，因此，下午我或者写作，或者骑着自行车去潍坊的大街小巷闲逛。以后就发现了那条电子街，发现了二手电脑交易市场。小心翼翼地打听价格，居然很惊喜。我这个对电脑一窍不通的家伙，竟然 300 元淘到了宝贝：一台最古老的美国“康柏”笔记本电脑。此宝带回莱州，多少人羡慕眼红觉得不可思议呀。因为我信誓旦旦地宣传，随后几个月，我们公司有十多位中高层领导亲自找我，请我带队去潍坊科技城淘二手笔记本电脑。仅仅一年的时间，由我出面大约就淘到 20 多本吧，价钱都是在 1000 元至 2000 元之间。

这块 300 元的“康柏”笔记本电脑为我的写作和工作创造了累累硕果，我整整用了六年，连单位的材料加我自己的稿子，估计打了有 200 万字吧？2003 年，也是因为本人写作挣了点稿费，便又去潍坊故地重游，顺便用 1500 元换回了现在用的这本小巧的笔记本。

现在，我可能仍旧是莱州市内唯一用二手笔记本电脑创作的作家。不管我怎么推荐、承诺和发誓，莱州的作家都不敢购买没有保障的二手笔记本电脑。说实话，我身边的作家老师们用的台式机隔三差五地要罢工，闹得他们哭笑不得，而我用了九年的两本二手笔记本，却从来也没有出现哪怕一丁点的故障。

至此，我右手用钢笔写字的功能已经开始逐渐退化。

第 四 辑

拯 救

拯救 / 狗东西 / 神出鬼没的 110/ 猎物 / 师徒情 / 局长的儿子爱王八 /
救子归 / 给儿子找点活儿干 / 特制的垃圾袋 / 空号 / 送财神 / 诚信无价

拯 救

往山上走的时候,东北方向的那片乌云也开始杀气腾腾地涌向山顶,我仰脸凝视着来势不善的恶云,想:在暴雨中死去,也许再托生会依然轰轰烈烈。

虽然我最终是个大败者,但我相信,没人会不承认我曾经活得轰轰烈烈。我由一贫如洗的乡村,杀向遍地黄金的城市,从一文不名变为腰缠万贯,我拥有的可以让整个城市咂舌。在我呼风唤雨的时候,有多少人是我手下的败将呢?记不清了,真的记不清了。我不恨设立陷阱,毁我公司,一步步把我引诱到一败涂地境地的滕烽。我刚刚知道,在当年,为了公司的壮大发展,我把我最大的竞争对手也就是他的爸爸逼死了,还让滕氏公司从此在这个地球上消失了。滕烽为滕氏家族报仇是理所当然呀。我不恨他,我要恨的是我自己。我更佩服他十多年的卧薪尝胆呀,竟然由一个普普通通的打工仔变为我的心腹,啊啊,我是多么的愚蠢呀。是老天让我败在他的手里呀……还有多少人对我恨之入骨?还有多少人盼我死得更凄惨一些?呵呵,那就遂他们的心愿吧,让我自己了断了吧。

起风了,风中带着彻骨的寒意,天上的乌云越涌越盛,几乎把整个天空都要遮满。我继续往山顶攀登。我记得在山坡有一个凹陷处生长着一片茂盛的松林,那里环境幽静,死在那里应该是个不错的地方吧。我已经看到了那片黑黝黝的林子。

云层里隐隐地快速地闪着红光，并从深处传来压抑的雷声。我有些烦躁，觉得脚底有些疼痛，不愿再移动步子却又盼望着早一些到达那片松林，我还有些急不可耐地从口袋里掏出那条柔软的绳索：这是我用四根领带编成的，当年，它们四个轮换着得意洋洋地悬挂在我肥胖的脖子上，这次，我要让它们四个，团结一心的在我的脖子和树枝上组成一个“心”型的椭圆。

大粒的雨滴带着清脆的声响落在树冠上，个别的树冠没有及时挽留它们，于是，几个冰凉的雨粒便滴进我的脖子里，然后，它们沿着我的脊梁，长驱直入地滚至腰间，使我的后背泛起波涛一般的鸡皮疙瘩。我忍着，踉跄着在树林中寻找着适合挂绳索的歪脖树。

这时候，闪电似乎是突然地亮起来，雷也“咔咔”地在我的头顶炸响：难道我缺德太盛，老天爷现在要用雷劈死我？我感觉到了恐惧，身体忍不住抖动起来，我要赶紧了断，自己勇敢地了断！

我的身体转动着，我前后左右地端详着，接着，恐怖的情景让我真神出窍：天啊，我还没有往脖子上挂绳索呢，却已经看到了远处的吊死鬼……是，是的，一个穿着白衣裤的吊死鬼，在前面的那棵树上，活生生地给我做着上吊的示范动作，挂绳索，踩着一块石头，翘起双脚，努力地把头探上去，探进那个椭圆里，脚底再那么一蹬……我目瞪口呆地观望着，我观望到，他在疯狂地挣扎，还有，他的双手乱抓，无力地试图去揪脖子上的绳索……呀，我恍然大悟，是个人，是个走在我前面上吊的人，我不再犹豫，我义不容辞地飞过去，双手围住他的双腿，利索在把他的脖子从椭圆里拽出来。

激烈的雷闪交替中，暴雨倾泻而下，起初，雨水泼在树冠上，站在树下的我感觉不到雨水的洗礼，很快，一股股更大的雨水由树冠浇下来，浇到我们的身上。

我救下的是个很漂亮的少女。她清醒了，在我的追问下，在号啕大哭中，她给我讲述她没法再活下去的理由：她没有考上理想的学校。她对不起爸爸、妈妈，还有亲爱的老师。

雷雨闪电中，我笑了，是狂笑，笑得我都要喘不上气了。笑毕，我也忍不住向她倾诉起我曾经的辉煌和现在失败的人生，还勇敢地和她探讨起，我们俩究竟选择哪一个死亡方式更适合……

我感觉我们谈了很长的时间，但具体多长的时间呢？我不知道，是真不知道，我知道的只是雨早已停了，雷和闪也远远地去了。我最后指着那棵稍微有点歪脖的树，礼貌地对落汤鸡一样的少女说："请你先上……"

少女抹一把满脸的泪水和雨水，朝我害羞地一笑："您是叔叔，我要尊敬老人，还是您先……"她不说了，身体还扭捏起来。她害羞了，她捂着脸，"咯咯"笑着往山下跑。

我也无声地笑，然后把领带编成的绳索缠绕在树身上。

活着或许更对、更好。

我转头向少女下山的方向看去：东边的天空中挂着一条倒"心"式型七色彩虹，姑娘正努力地向彩虹奔去。

我猛然想到一些东西，便也向彩虹的方向坚定地走去。

狗 东 西

对对，我曾经养过一条狗。应该是"京巴儿"吧，嗯，头至尾大约有两拃口长。

从哪儿弄的？我和这狗东西有缘分呀。那天，我在一家工作，寻摸了半天也没有什么大收获，正为难着呢，突然就发现它了。这小家伙，瞪着两只锃明瓦亮的大眼睛，歪着头天真地端详着我，很热情好客。正好干咱这一行的有个“不走空”的规矩，因此，我就把它抱了起来。当然给它起了个好听的名字：咪咪。怎么样，这名字？

什么？我是干什么工作的？原来在工厂干钳工，现在？……您太好奇了，我的工作有保密的性质，不能随便告诉人的。实话可以告诉你，只要肯动脑子肯卖力，我这工作基本可以让我吃香的喝辣的。

我很喜欢咪咪。咪咪太可爱了。懂事。是真懂事。我觉得它的智力起码达到十岁孩子的水平。每天工作回来，它都要偎依在我的怀里，用猩红的舌头舔我的手，时不时还偷偷地舔一下我的脸和嘴，立刻，我身上所有的乏累都不见了。心里那个温暖呀。我对咪咪也是真好，我心里的话都和它讲，我的所有秘密它都知道。平时，我和咪咪吃一样的饭。哦，咪咪的饭量很小。如果给它口二锅头喝，它连三分之一的香肠也吃不上。

我很早就打算给咪咪过个生日——我把咪咪跟我的那一天作为它的出生日——日子划在日历上，天天盼。我要给咪咪过个热闹的生日，给它买许多好吃的好喝的，让它高兴。

可是事与愿违，邻近咪咪的生日还有十天，市公安居开始搞一个统一行动，让我想在咪咪生日前夕大搞一次的计划彻底成了泡影——我宁可饿个三天五日的也不想自寻死路进笆篱子里待着呀。

啊，让我取点存款？哈哈，您真会说笑话，我有存款还值得出去冒风险地干工作？原来弄到的钱？您认为钱那么好弄呀。

咪咪生日那天，我倾之所有，买了好酒和好肉，还专门买了一个水果蛋糕，在公园的树林里铺上塑料布，摆上这些好东西给他吃。现在，我的心情很复杂，因为这顿饭吃完，如果我还不能继续工作，我们从此就断顿了。咪咪见我摆了这么多好吃的东西，乐得它呀，尾巴都快摇成麻花了，它还在我的身上窜来窜去。我说：咪咪，祝你生日快乐！说着一仰头喝了一杯酒，喝完酒看咪咪，小家伙没有吃，歪着头朝我叫。我说吃呀，咪咪。咪咪“汪汪”地又叫了两声，还是没有吃。我明白了。小家伙是让我先吃呀。啊，多有礼貌的狗东西呀。我感慨着，边吃眼泪边夺眶而出。

我吃不下去了，总忍不住要把这个事情向人宣传一下。告诉谁呢？我的亲人还有不少呢。我走出树林，找到了一个公用电话厅，手指颤抖着拨通了家里的电话。

是我爸爸接的电话。爸爸在电话里说："春宝，你回家来吧。今儿是你妈妈的生日。大家都来了，饭我们还没有吃……这几年，我们一直没有找到你呀。"

今天是我妈妈的生日？我有多少年没有回家了？我连个固定的住处都没有，他们怎么能找到我？一刹时，我心潮翻滚，我的确应该去给老妈妈祝寿呀。可是，我回家，就这样两手空空地回家吗？对，把咪咪卖了，它现在是我的唯一财产，我估计卖不上 1000 元，800 元怎么也是值的。卖了咪咪回家去，自己的爸妈总不会嫌弃自己的儿子吧？

可是，我的咪咪没有了。刚才，它还在绅士一样地小口小口地吃着生日蛋糕，然而，在我往家里挂电话后，它竟然不见了。我很奇怪，原来咪咪从来不乱跑的，我不在，它会老老实实地待在一个地方静静地等我，自己玩游戏也是在固定的地点，听见我的声音就会立刻跑到我的身边。今天它怎么就不见了呢？

的确不见了。我喊得嗓子都沙哑了，咪咪那个可爱的小模样也没有出现。最后我想，难道它感应到我要卖它，所以就逃跑了？嘿，这狗东西，太有灵气了。

我是在咪咪生日后三天时正式工作的。不工作不行了，饿坏了。

我工作的这家女人上夜班，男人在晚上 11 点左右骑自行车去接她，大约 12 点 20 回家。这些是我掌握的必备情况。我有一个多小时的工作时间。

我一进这户人家，首先听到的是狗叫。我大吃一惊，紧紧地攥住手里的刀。与此同时，在我的微型手电光芒下，一条小"京巴儿"跃在我的眼前。啊，咪咪。我惊喜地大叫。小"京巴儿"呜呜地呻吟着，朝我猛烈地摇动着尾巴。

真的是咪咪。可是，我现在没有功夫和它嬉闹，我有正经的工作要抓紧时间干。所以，很敬业的我说："咪咪，一边待着去，等我工作完了再领你走。"

咪咪肯定听懂了我的话，它一转身跑了。于是，我立刻展开了工作。

我正忘我地工作着，突然觉得有人拉我的裤腿。我的心里一悸：妈的，难道……我立刻浑身冷汗淋漓，随手将刀向身后凶猛地砍去，同时，将身子向前蹿跳。

“汪！……”我听到的是咪咪的惨叫。我的心“腾腾”狂跳着，再次打开了手电：呀，咪咪已经躺在血泊中。它的旁边是半根剥去皮的红肠。

红肠肯定是咪咪叼来的，它也许是准备给我品尝品尝吧！

狗东西。

我这个狗东西呀！

神出鬼没的 110

最近几日，宋刚在许多朋友跟前扬言，一定要查到那个和他作对的人，这家伙太可恶了，总是在他办正经大事的时候拨打 110，让 110 的警察把事搅黄。

宋刚是个轻易不发狠的人，一旦发狠就会想方设法去实现，比如他发狠要挣许多钱，果然几年后他就挣了若干钱；他还发狠有钱后要让自己的家庭生活旧貌变新颜，果然在有钱的同时，他先是把夹克衫换成了名牌西服，又把自行车换成了摩托车，最后换成了小轿车；还把家里的破沙发换成了老板椅……现在，他正预计把老婆也换一换：她的脸比较黄，往外领总是让人信心不足。所以，这次他发狠抓到这个可恶的家伙的第一件事，就是先照他的鼻子狠狠地来一拳，然后，再把他的那两个淘气的手指头剁掉。

你是宋刚也会憋气，你说咱都把换老婆的计划列上议事议程了，又费了好劲把总喜欢跟在大人屁股后头捣乱的宋颖哄进另一间卧式看动画片——这里交代一句，宋颖是宋刚的儿子，今年五岁，他是宋刚与老婆离婚唯一不打算放弃的。“儿子的身上流着我的血。”宋刚这样认为。因此，为了避免恼羞成怒的老婆把儿子抢去，他几乎与儿子形影不离——这才要与刚刚认识不久的女朋友交流一下心得，正谈着，110的警察从天而降。最后，经110的警察同志了解，此“女朋友”的真实身份是女骗子，她的主要任务是把男同志的巨款骗到手后迅速销声匿迹。这是歪打正着，算报警人帮了他一个小忙，可昨天的事就太让人生气了。

昨天上午，宋刚费了九牛二虎之力，才把自己赖以发财的三位“救世主”税务局的赵局长、工商局的钱局长、公安局的孙局长同时请进本市最出名的“鸿宾楼饭庄”联络了一下感情，酒醉饭饱以后，又把他们请进了自己的家，照例先把儿子宋颖安排到另一间卧室看动画片，然后他们熟练地摆上了麻将。搞过大业务的都明白，对于以前扶持自己发财而且以后还将源源不断帮助自己的“贵人们”，仅仅吃顿饭是报答不了“恩情”的，还要……比如到麻将桌上摸一摸，直接送给他们“应得”的酬劳当然不行，有行受贿赂的痕迹，麻将桌上摸摸，不显山不露水的，所有的情都可以交代了。不成想，成沓的钱宋刚才“输”出去五份，110的警察们再次光临了“寒舍”，幸亏了公安局的孙局长在座，虽然接见下属的地点比较尴尬，总算没有惹出大麻烦。

这两件事情连接一出，宋刚就气得牙根痒痒，恨不能……嘿，恨不能不吃饭了。到晚上了，他不吃饭还行，才五岁的儿子宋颖可受不了了，一个劲地缠他，他气得胳膊一扬：“吃，你就知道吃，以后再也不许你吃了。”宋颖见他发火了，一句话也没说，“腾腾”地跑进了卧室。

看儿子很懂事地进了卧室，宋刚又对自己刚才的发火感到后悔：孩子还小，怎么可以对他发火？嗨！我呀，我得把他哄出来，给他做饭吃。他刚走近卧室门，就看见儿子宋颖举着电话话筒很严肃地说："110，110，你们快来吧，这家要把孩子饿死了。"

宋刚一惊："你，你，是你给110，刚才报的警。"宋刚觉得自己的嘴说话都不利索了。

宋颖一努脸，用小手指着宋刚的脸，坚定地说："我妈妈告诉我，只要你敢做坏事，就让我马上报告110。"

猎　物

他有许多事情要办，可现在办任何事情都离不开钱呀。

他曾苦苦地想过不少搞钱的法子，但都因为有言不尽的缺点被他否定了。突然，他灵机一动：凉台上的君子兰提醒了他。

他匆匆地将他父亲早些年的那只"管理员"的红袖章翻了出来，小心翼翼地戴在左臂上，又找出一块木板钉了个牌子，用毛笔蘸着红钢笔水描上了几个端端正正的字："踏入花坛者，罚款五元。"

他满心欢喜地将这个牌子插到城里街道上的大花坛中，并将一张两元的人民币放在显眼的位置，接着，他一步三回头地走到一个旮旯处，等候着上钩的"猎物"。

瞧，一个年轻的小伙子走了过去。他抑制不住心中的激动：哼哼，只要他一脚踏进花坛，我就冲刺般地过去……

可是，这个年轻的"猎物"却迟迟不吃"肉饵"，他先是围着花坛转了几圈，向四外张望了一会儿，然后走到一个盲人跟前，向他借来了盲棍。

“好狡猾的东西。”他急了，一个箭步窜到小伙子跟前，他总不能让这小伙子毫不费力地将“肉饵”吞下。

但已经晚了，小伙子早已将那张两元的票子拿到手里。他看了看跳到自己跟前的这个冒牌“管理员”，瞥了瞥他衣袖上的红箍，微微一笑：“同志，麻烦你将这两元的票子送还失主。”

他接过票子，啼笑皆非。

师 徒 情

机加工车间的一对情同父子的师徒因为各自的手吵崩了，就在人们目瞪口呆小声嘀咕“二虎相争……”的时候，一老一嫩两双手各不服气地拍在一起——打赌。

一年后，市劳模会议结束后。

徒弟在奔走相告的人群中找到了兴高采烈的师傅，白胖胖的手里捧出一大沓红彤彤的荣誉证书：“师傅……”

“小子——”师傅老成地嘿嘿笑，粗糙圆实的手得意地伸进怀里，谨慎地掏出几本与徒弟同样红彤彤的证书。

徒弟的眼中闪出惊喜的光，一顿，他会意地对着师傅满脸胡须笑了笑，嫩白的手坚定地伸进衣袋，掏出一沓钱，递进师傅的手里：“师傅，您留着补补身体……”

“你还有奖金呀？”又该着师傅一愣，但随后粗壮的手轻轻地拍着徒弟的肩头，“这……我可真比你的多。”

“我知道。”徒弟不好意思地说，“可是，您已经以一个共产党员的名义捐献给了……”

“嘘……”师傅连忙阻止住徒弟的话。

于是，一老一嫩两双手紧紧地握在了一起。

局长的儿子爱王八

杨正想当办公室主任都想疯了。这不由他不去想，原来的办公室主任都调走有半年了，他这个副主任还没有扶正。怎么办？不用别人出导演，杨正自己也清楚：该到局长那里活动活动了。现在可是时兴这个！

但是局长什么也不需要！对此，杨正心里更有数，整天跟在局长的后面转，他连局长想什么时候上厕所都摸得一清二楚。反正打局长的主意是行不通的。得另想捷径。平时局长最得意什么？当然最得意他的宝贝儿子了。想到这，杨正高兴地一拍屁股站起来：我可是太傻了，我怎么把这点给忘了？再过两天就是局长的宝贝儿子的生日，这时候要是能给小少爷送点平时最喜欢的东西，他过生日过高兴了，局长还能不裂着大嘴笑呀？至于小少爷喜欢什么，这点可用不着焦急，问问自己的妻子就知道了。杨正的妻子就在局长的宝贝儿子的学校里当音乐老师。

“他最喜欢什么呢？”妻子正在为参加国庆演唱会挑选歌曲，根本就没有正经心思理会他，“好像他除了爱好‘王八’就没有什么可爱的了。”

当然，仅这一句对杨正来说也足够了。只是他不明白，这才十三四岁的孩子，喜欢什么不好，怎么偏偏喜欢王八？他是喜欢蒸着吃？还是喜欢养活的玩？嗨，现在的孩子呀。

事不宜迟，杨正赶紧去市场买了两只大个儿的王八去了局长家，他想，不管是局长的儿子喜欢养着玩还是煮着吃，这两只大王八都不掉架。但是，谁也没有想到，不一会他又拎着两只大王八，垂头丧气地回到家，对正在练声的妻子气急败坏地吼：“你个臭女人，你毁了我……你还说小少爷喜欢王八，他喜欢为什么还往我脸上摔？这下，我成王八了。”他说着把两只大王八重重地丢在妻子的跟前。

“王八？谁说他喜欢王八？”妻子看着两只大王八在地上爬来爬去，惊诧地说，“我说的是他喜欢网吧，就是电脑上网聊天……”

救 子 归

逃亡的生活真不是人过的日子。

明天就是中秋节了，到今天，我离家整整195天了。在这近200天的日子里，我惶惶不可终日，我都不知道自己是怎么活过来的，我不敢理发，不敢洗脸，更不敢剃胡子。我敢肯定，公安局抓我的通缉令上有我的相片，我甚至不敢去车站、码头、剧院这些人多的地方，我知道我现在的形象即使不被警察注意，也会被收容站“喜欢”，我更听不得警笛的鸣叫，哪怕是医院的救护车或消防队的救火车驶过，我的心脏都要每分钟跳上120次以上。我胆战心惊，但我更愤怒，我的这个结局都是因为我的妻子梅雁，她总是骂我的爹和娘是废物。于是，在一次酒后，我一怒踹了她一脚，她就跌下了三楼。我敢肯定，从三楼摔下去的梅雁必死无疑，所以我开始了逃亡的日子。

我站在一个肮脏的垃圾箱旁，远远地看着喜气洋洋的人们，也由不得我不想家，所有的人都在欢天喜地去商店买象征团圆的月饼，车站更是一派车水马龙的繁荣景象，穿各色衣服的人们都在叫着嚷着地登上回家的车，只有我——我是有家难回呀。我真的还有家，我杀死了老婆不证明我没有了家，我还有娘有爹，在那里我还能找到我的温暖。爹呀，娘呀……我在心里忍不住喃喃地叫，说实话，至少有10年了，不，是有生以来，我似乎从来也没有像今天这样想我的爹和娘，我从来也没有像今天这样孤独。我忍不住了，我走到了一个公用电话前，我的口袋里还有从一个女孩身上抢来的10元钱，我想给我爹我娘打一个电话，我想立即听听二老的声音。

电话通了，是娘接的。娘的声音真慈祥真悦耳，她问："……是谁呀？怎么不说话？……是庆国？儿呀，你在哪里？你怎么不说话？娘我想……"母亲的声音颤抖了。

电话刚通时，我使劲地忍着，我不敢说话，我想听听母亲的声音就行了，我想公安局肯定会监控我家的电话，我一说话，他们马上就会知道我所在的位置。现在，我母亲猜到是我在打电话，而且她肯定落泪了，我决定豁出去，打完这个电话马上去另一个城市。"娘，娘，您还好吧？我……娘，娘……我爹呢？您让他骂我几句吧？我，我让您二老受惊了，儿子不孝呀，娘……您二老多保重……"我呜咽了，我的心揉戳般地疼痛。这时，我听到电话里父亲在抱怨母亲："你哭啥？你告诉他赶紧回家，屁事没有！"接着，父亲在电话里大声地对我嚷："庆国呀，你傻了？怎么离家这么长时间也没个消息？"

"爹，儿不孝呀，我杀了梅雁，我回家就得让公安局抓去枪毙呀。我不敢……"

"庆国呀，我看你是真傻了，你什么时候杀的梅雁？"爹的话让我摸不着头脑，我正愣着，爹继续说，“要不让梅雁和你说话？！”爹刚放下了电话，我就听见梅雁哭泣的声音：“庆国，你回家吧，我错了，我再也不惹你生气了。”

“梅雁，你，你，你没事……”我惊讶地问，接着我哈哈大笑起来，然后，我豪迈地对梅雁说：“告诉爹娘，我马上回家。”

我归心似箭。我于8月15日的下午回到了阔别的家，一进门，我就大喊：“娘，我回来了，爹，我回来了……”随着我的呼喊，我的爹和我的娘跌跌撞撞地迎了出来。看这两个老人的一头白发，我忍不住双膝一软，跪了下去。

我站起来时，有两个人挽住了我的胳膊。我一惊，竟然是两个全副武装的警察。

在审讯室里，警察告诉我，我的父亲和母亲早就料到我会在中秋节往家打电话，所以他们用录音机提前请剧院的一位演员模仿梅雁的声音，并录制了下来：因为我罪不该死；因为他们不想让我在外继续作恶，他们还想在有生之年能再见到自己的儿子。

给儿子找点活儿干

艾蒂芬老太有三个令人自豪的儿子：记者莫尼、警察洛克和望远镜销售商弗朗。由于三个儿子都是事业成功者，所以平时很难抽出机会回家来看母亲。也难怪艾蒂芬不高兴，想当年她是舞蹈演员，身前背后总是人来人往，要多风光有多风光，可是，自从退休以后，身边的人越来越少，到现在连自己的亲生儿子也难见一面，最令艾蒂芬沮丧的是今年的圣诞节狂欢夜和她的

70 岁生日，三个儿子都没有到齐。由于思儿心切，有一天，艾蒂芬老太给自己的身体制造了点严重的病情，在电话里她有气无力地呼唤儿子的名字，让儿子们误认为她已经病情危急。三个儿子是个顶个的孝子，他们毫不犹豫地立即放下手中正忙活的工作，马不停蹄地从工作岗位上赶回家。可是，一进家门，他们看到的竟然是母亲迈着舞蹈步，哼着优美的旋律在厨房里忙活饭菜。此刻，三个满头大汗的儿子立刻恼羞成怒了，他们一起对着母亲气急败坏地嚷嚷："我亲爱的妈妈，您知道吗，您这样做的后果是我们将统统被解雇！" 艾蒂芬自然不甘示弱，她有力地反击着儿子们："你们能够肯定你们的母亲没有生病吗？由于孤独，我患上了严重的忧郁症，我发誓，有一丁点的刺激，我都有可能从日映大厦的楼顶跳下去。"

在三个儿子垂头丧气地离开后，艾蒂芬镇静了下来，她开始为自己今天的行为和对儿子们的言语感到后悔和惭愧，儿子们能够努力地工作，并奋斗至辉煌，这正是自己一生所追求的事情，自己现在怎么犯傻了，要拖儿子们的后腿呢？她在心里暗暗发誓，以后一定再也不去打搅儿子们的工作，让他们奋斗吧，奋斗成世界扬名的顶天立地的男子汉！假如以后自己再想儿子，就去看他们的相片，或者给他们打一个问候的电话，能够经常听听儿子们充满朝气的声音，不也是一个做母亲的享受吗？

但是，世上万事从不以人的意志为转移，虽然艾蒂芬自作主张要做孤独老太，但上帝偏不让她的想法得逞。一个周末来临了，三个儿子竟然相约了一样结伴回家来了。意料之外地看到儿子们，艾蒂芬迅速地被巨大的惊喜所包围，刹那间，她喜极而泣。过了好久，她擦着眼泪对围在自己身边的儿子们说："我亲爱的孩子们，妈妈谢谢你们回来探望我，可是你们都有自己的事业。为了你们的成功，你们还是抓紧时间回到你们神圣的岗位上吧，妈妈决不再做自私的人了。"

"亲爱的妈妈，我们最近的工作比较清闲，所以有时间回家来照顾您。"莫尼代表着弟弟们说。起初，艾蒂芬怎么也不相信儿子的话，还认为家里发生了很大的变故，儿子们为了安慰自己所以在说谎话。无奈，莫尼打开了电视机，给艾蒂芬说了真相：原来，最近几个月来，他们所居住的城市没有发生一点大事，所以，现在全城的人都无所事事。

当警察的儿子洛克苦笑着对艾蒂芬说："如果再有二个月没有一个小偷或者强盗愿意制造点麻烦，我肯定第一个失业。"

儿子们的话艾蒂芬没有太留心，她还沉浸在与儿子们欢聚一堂的喜悦中，她甚至还想，城里的事情再少一些吧，那样儿子们空闲了，就不会耽误工作而自由自在地经常回家来了。但是，当一连四个周末，三个儿子都很准时地出现在她的面前后，艾蒂芬才突然领悟到了问题的严重性。"难道这个星期，我们的城市还没有出现什么大的变故？"

"是的，妈妈。"莫尼愁眉苦脸地说，"我们电视台明天就会减少四小时的广播时间，我已经有一个月没有报道出一个像模像样的新闻了。"

"我，我马上破产了。"不是面对慈祥的母亲，望远镜销售商弗朗肯定会落下眼泪来，他说，"我整整三个月没有卖掉一个望远镜，万能的主呀，您为什么要让我降生在这样一个死气沉沉的城市里？"

看着儿子们痛苦不堪的样子，艾蒂芬觉得自己的心都碎了，她不知该说什么样的话安慰他们，更不知该用什么办法帮助自己最爱的儿子们脱离窘境。与其整天看见三个愁眉不展的儿子，倒不如让他们整天忙乱得不顾回家更好。

当天黑下来的时候，艾蒂芬很突然地问儿子："莫尼，咱们这个城市的最高建筑是日映大厦吧？它有多少英尺高？"

"它的高度是 286 英尺，妈妈。"洛克接过话来，"可是，即使它的高度是 860 英尺又有什么用呢？我哥哥莫尼任职的电视台，已经将它的高度宣传给市民有 100 遍了，现在不会有一个人再对它的高度有兴趣。"

"我感觉万能的上帝明天一定会在那里让你们的工作重新焕发生机。"艾蒂芬自信地微笑着，"明天一早，你们一定要在第一时间赶到日映大厦，妈妈可以肯定地告诉你们，你们明天会得到这几个月来最大的收获。祝你们工作顺利。"

“亲爱的妈妈，您的意思是我可以拉着一汽车望远镜去卖吗？”弗朗在和母亲告别时，说了一句逗趣的话。

“当然。”艾蒂芬很严肃地告诉他，“我正要告诉你，你明天一定要尽可能多带一些望远镜去，我肯定你会全部销售出去。相信妈妈的话，我亲爱的儿子。万能的上帝一定能让你们成功。”

第二天一早，洛克还在睡懒觉，哥哥莫尼的电话到了：“洛克，你在日映大厦了吗？”

“别听妈妈的絮叨，她已经老了。让我们还是抓紧失业前的一点宝贵时间，美美地睡上一觉吧。晚安，哥哥。”

“洛克，你们警察局难道养着的全都是废物？知道吗，日映大厦的最顶端上站着一个人，她在表演舞蹈，有人说她精神失常，有人说她要跳楼……”莫尼在电话里滔滔不绝。

洛克的警车风驰电掣地赶到了日映大厦，这时的日映大厦已经围着里三层外三层的人，他远远就看到哥哥莫尼正背对着日映大厦举着话筒情绪激昂地演讲，面前的电视转播器忠实地记录着现场，旁边就是弗朗指挥着一帮见钱眼开的家伙不亦乐乎地销售着望远镜。

警车刹住车的同时，洛克举起了一旁同事从弗朗那里购买来的最后一个望远镜，向日映大厦的286英尺高度眺望。

弗朗卖的望远镜个个都是优秀的产品，它迅速地把日映大厦的楼顶呈现到洛克的眼前。楼顶的最外沿处站着的是个年迈的老女人，她的两腿一动不动地杵着，两只胳膊在做着几个简单但优美的动作。洛克惊呆了：上帝呀，怎么竟然是自己的母亲——艾蒂芬。

洛克的心猛地一攥：母亲怎么了？她都70岁了，她是怎样上去的呀？她究竟要干什么呀？难道她疯了……洛克想着的同时眼泪夺眶而出，嘴里喃喃地叫了声音：妈妈，我最亲爱的妈妈，您，您可千万别乱动呀。我们这就上去救您。

这时，莫尼以一个新闻记者的身份来采访洛克：“警官先生，我们很关注此事,请您告诉我们真相……”

“住口!”洛克怒不可协地说着,把望远镜递给了哥哥,“你对全城人宣布吧,真相是:上面站着的是莫尼、洛克和弗朗的母亲——艾蒂芬!”

莫尼惊呆了,他甩下话筒,举起了洛克递来的望远镜,向着日映大厦的楼顶望去。莫尼是记者,他比警察弟弟更细心,他不但立刻认出了母亲,还看到母亲的衣服上写着的那几个红色的大字。他对跑过来打探情况的弟弟弗朗一字一字地念叨着母亲写在衣服上的那几个红字:“孩子们,妈妈祝你们工作成功。”

“妈妈真聪明。”弗朗对两位哥哥说,“她给我们,不,她给我们全城人找到了工作。”

特制的垃圾袋

祁老师在曙光中学教化学。

教学水平没得说,提起来都得伸大拇指。但是,祁老师的脾气个性可不讨人喜欢,用老百姓的话讲,祁老师这个魔怔,认死理,不随大流还爱管闲事。比如有人随地吐痰乱扔纸屑了,他要上前拖住人家的胳膊,大人物似的批评人家。有认识祁老师的就笑着老远打招呼:“祁老师,上课要迟到了,他的事让市政人员管去吧。”旁边随手扔垃圾的人刚才还以为撞上的是市政罚款的,正不住地点头哈腰赔笑脸,现在冷不丁知道跟前站着的人的身份,立马气得脸红脖粗:“你神经病呀。”跨上车子扬长而去。晚上,祁老师就写了篇评论市民素质和关于环境保护的稿子，分别寄给了电台和报社。然后，他对着老婆拍响了排骨般的胸膛："我要做环境保护志愿者，希望老婆同志与我一起从现在做起，从我做起，从一点一滴做起，与白色污染的罪魁祸首——塑料袋彻底决裂。首先买菜要用篮子，装垃圾要用纸袋……"老婆知道他的脾气，只得看着他连夜行动。祁老师马上找出了一些牛皮纸，认真地糊出了一叠纸袋，又趁热打铁地清扫起房间的卫生，最后，把清扫出的垃圾装进了刚刚糊好的三个大纸袋里，这才满意地上床休息。

清晨，祁老师把昨晚装满垃圾的三个纸袋放到自行车的后座上，用支架夹好就骑上自行车出了门。骑上车子不久，祁老师就听见身后有人喊："喂，前边骑车的掉包了。"祁老师一愣神，忙转过头，果然发现自己车座上掉下了一袋垃圾，便支好自行车准备去捡。他刚弯下腰，却见一只大手早已抢先把纸袋拾了起来。祁老师抬头定睛细看，拾纸袋的是位年轻人，自己不认识。他便对年轻人笑了笑，不好意思地说："嘿嘿，对不起，这是我丢的。"

"你丢的？谁说你丢的？我还说是我丢的呢。"没想到年轻人竟然横理不讲。

"真是我丢的，你看我的车座上不是还有两袋。"祁老师理直气壮地把车座上的袋子指给年轻人看。

"你的意思是说别人不应该有和你相同的东西了？你说你的，你叫它，它能答应吗？"年轻人越说越不像话。

"你这人怎么不讲理？"祁老师知道年轻人误会纸袋里的东西了，"我实话告诉你吧，那里面装的是垃圾。"

"垃圾？"年轻人看了看纸袋，又上上下下打量了一番祁老师，"垃圾？是垃圾你就可以不要了吗？你走好了……反正咱也打开天窗说亮话，你要想把东西要回去，咋也得给我几个劳务费，我总不能白拾。"

祁老师哭笑不得："真的是垃圾，不信你就打开看看。"

"我凭什么要打开？你说是垃圾，你就可以不要吗。"年轻人还很固执。

"好好，我这就走，你就拾包垃圾回家吧。"祁老师不想和他废话了，扭头就要走。转念一想，不对，这年轻人回家打开纸袋一看真是垃圾，泼口骂我是小事，他肯定要愤怒地从窗口往外甩，这不是又要弄个垃圾飞扬？那我要保护环境的苦心可就白费了。想到这，他又折回身，喊住正要骑车走的年轻人："这位先生，我是环境保护志愿者，这里面装的真是垃圾，我现在给你10元钱，如果你回家打开袋子，发现里面装的是垃圾，我请求你帮我放进垃圾箱。"

年轻人看看祁老师的一脸真诚，又看看祁老师递过来的10元钱，忍不住问："你是神经病？"

"不，"祁老师很严肃地说，"我是环境保护志愿者。"

"对，我知道神经病从来也不认为自己是神经病。"年轻人说完拎着袋子扬长而去。

"唉——"祁老师在后面喊。他哪里喊得住，年轻人一溜烟就没影了。祁老师叹了口气，他还是担心年轻人一会儿对待垃圾的态度。他太了解现在的一些见小利而忘根本的人了。所以，他顾不得其他，就要骑上自行车顺着年轻人去的方向撵过去。正在这时，一位晨练的胖老头气喘吁吁地跑到他跟前："这位同志，你不要着急，我已经替你打电话报告了110，警察同志马上就会把你丢失的东西追回来……我作证，那大纸袋就是你丢的。"

祁老师正要道谢，就见一辆110巡逻车从身边呼啸而过，直追那拾纸袋的年轻人。

祁老师高兴地说："这下我的垃圾袋就不会破损了。"

"垃圾袋？"胖老头奇怪地问。

"当然，我那纸袋里装的是垃圾。"祁老师见胖老头还在莫名其妙，又骄傲地说，"我是环境保护志愿者。"

空　号

早饭后，杨局长陷进沙发里闭着眼养神，突然，屋门被人“砰”地一声撞开了。杨局长立起身，瞪着昏花的眼凝视。许久，才看明白是孙子克明，他这才随手把茶几上的茶杯端到胸前，很威严地问：“克明，几点了？怎么还不上学？”

克明站在门口瞪着眼气咻咻地，“你，你，你老糊涂了不是？”克明冲他喊。

“放肆！”杨局长一拍沙发扶手，“呼”地站起来：“你眼里还有没有……啊，我这个爷爷？！”

克明呆了呆，腾腾腾几步走到杨局长跟前，一脸哭相：“你，你还让人怎么有脸上学读书？”说着把一本本子甩进他的手里。

杨局长不解地打开了克明甩进手里的本子。只翻开皮面，他的脸就红了：难道我真的老糊涂了？他目瞪口呆。这是克明的作文作业，昨夜晚，他老人家端坐在电视前看《包青天》，转播广告时，他想换换脑子。于是，他才抱着关心下一代的心情检查了克明的作业。翻开孙子写的作文时，杨局长被孙子所用的优美的语言感动了。原来他是料不到只12岁的孙子会写这么好的作文，因此他看得很投入，连《包青天》都耽误了。记得检查作文时自己冷不丁看到包公要铡国舅，才匆忙地把本子塞进克明的书包，怎么现在……杨局长尴尬地盯着克明作业本首页右上角的是自己也只能是自己的、特点显著的签字:“同意。打印30份。杨。10月10日。”

杨局长没理由不去引咎自责。他现在还弄不清自退休后自己究竟出过多少次类似的丑,而且……关键是怎么就没人提醒一下我这个还知道要脸的老同志呢?如今认真思量思量,哪怕如克明那样不礼貌不尊重也好呀……突然,杨局长的脑子里猛一闪,他到底还是凭自己的记忆力记起了一件或许不妙的事情。就是在前天去局里领工资时,曾经在局秘书小李的办公桌上看过一份小李刚写完的总结材料。当时无事,便随手拾起看了看,但愿自己看完这份材料,没有像看克明的作业本那样随手签上“打印、同意”之类的批示。好像的确没有签。虽然那份材料有几处不妥,但自己那天没带钢笔……没签就好,否则就要干扰新任局长的工作了。可是,如果万一……杨局长越想越觉得不应该等闲视之。杨局长本来就是个工作作风严谨,容不得任何小错的人,因此他迫切想搞清楚那天自己看完材料后的真实情况。杨局长推开屋门正要急匆匆地往外走,想想不妥,还是先给小李打个电话询问一下为好。所以他又快步退了回来,拾起电话就拨局秘书科。

电话通了,杨局长抢先问:“贵姓?”

电话那边清晰地一声响,然后一个女人变声变调地说:“对不起,您拨的电话号码是空号。”

杨局长一愣,怎么会是空号呢?于是不信任地又问:“你是××局吗?麻烦您查……”。

“对不起,您拨的电话号码是空号。”电话那头不容商量地重复一遍。

杨局长这个气呀,想自己这退休也才十多天呀……杨局长愤怒地说:“谁说我拨的是空号?你给我……”

“对不起,您拨的电话号码是空号。”电话那头不管三七二十一照旧不紧不慢地说。

“你给我找你们局长来……”杨局长怒火万丈,他不敢相信局里还会有人对他的声音无动于衷。

这时候,屋门“吱”一声又被人推开了。克明还没去上学?难道他还要回来气我？杨局长气急败坏地转过头。

是老伴。

“老杨，你怎么了？”老伴一眼望到脸色苍白的杨局长，慌忙上前扶住他。

“嘿，这鬼世道……”杨局长一把摔开老伴，重重地把话筒丢到桌子上，又着腰满客厅里转圈。

老伴小心地拾起话筒，谨慎柔和地“喂”了一声，然后又认真地听了一会，最后诧异地问：“唉，老杨呀，你这是往哪里挂的电话？”

“局里，秘书科。”

“局……什么号码？”

“51885188”

“啧，老杨，你今天这是怎么了，这号码不是咱家原来的号码吗？”老伴哭笑不得。

杨局长一家伙停住正踱着的脚步，他惊恐地看着老伴把话筒放到机座上。接着他觉得脑瓜里“嗡”地一叫，眼前一黑，缓缓地倒了下去……

送 财 神

春节将至。这天傍近中午的时候，我们几个同学在县城钱三的配件店里等刘春忙。刘春忙这小子近几年搞得不错，先是在村里办了个铸造厂，发了大财，秋种后，又当选了村委会主任。于是我们几个同学商定，要他在城里请喝酒。

我们正闲聊着，店铺的门开了，我们还认为是刘春忙到了呢。抬头看，却是一个拄着双拐须发全白的老人。老人见了我们很爽朗地喊：“各位老板发大财呀，老汉我给您们送财神来了。”

钱三有些不耐烦地说：“我们有了，看墙上贴的那不是。你来晚了，去别家吧。”

老人看了看墙上，说：“咳，我送的和你贴的那张不一样。你真想发财还得敬我这张。”老人说着，把双拐靠在桌子上，从身上的挎包里掏出一叠画。打开看，是以毛主席为首的三伟人像。

钱三正要说什么，店铺门又开了，这次正是刘春忙。刘春忙一进屋先看见了老人，他惊诧地叫道：“仓满叔，您怎么又出来了？村委会不是承诺您，以后您所有的负担都归村里负责吗？”

仓满老人憨厚地笑笑：“嘿嘿，我还能动，能少麻烦村里还是少麻烦，再说，出来也散心。”

经刘春忙介绍我们才知道，老人是残废军人，打国民党时入党，抗美援朝时毁了下身，因此无妻也无孩。由于前几年对前村干部的腐化和堕落不满，一直上访。今年村委会换届，彻底解决了遗留问题，他这才答应不再上访的。

刘春忙介绍情况时，仓满老人一直在整理他的那些零钱。刘春忙讲完，他把一把理整齐的票子郑重地递给刘春忙：“春忙呀，这是我下半年的党费，你代我交村支部吧。”

“怎么这么多？”刘春忙疑惑地问，“按您的情况，一年交两块钱就可以了。”

“嗨，你不了解大叔我现在的收入呀，这几个月呀，每个月我的收入都在500元以上，按交费比例，我一个月交5元党费也不多呀。我学文件，知道情况的。”仓满老人兴奋地说。

这话让我们几个人的脸都红起来，因为我们也是党员，可是，每次交党费，我们都没有像老人这样无私。也是钱三多嘴，他这时说了这么一句：“大叔，您把这么多钱交给春忙，不怕他给你贪了？现在的干部不敢信呀。”

“看你说的，春忙这干部是我们村民自己选的，我相信他。你不了解他呀，这几年，他把自己挣的钱修了村里的路、建了孩子的校堂。当然，我也是两手准备的。”老人从怀里掏出一本红皮小本，狡猾地说，“他得在我的党员证上签字画押。”

看来，我们得请刘春忙和仓满大叔的客了，他们在教导我们怎么当党员呀。

诚信无价

据准确消息，环四路的专门经营字画、古玩的“博古斋”要扩大经营，急招几名店员。

这消息如一针兴奋剂，让大学历史系毕业三年，求职无望的常亮和梅雨中重新振作起来。

常亮和梅雨中既是同班同学又是要好的朋友，他们在毕业后求职的三年时间里，一同揣着毕业证，夹着求职的材料，走遍了这个城市的每个角角落落，他们有过曾经在一天的时间里共同吃了唯一的一包方便面的记录。现在，他们终于迎来了一个可以展示他们能力的好机会。因此，在应聘前五天的时间里，他们没有睡一个囫囵觉，没有吃一顿不是将就的饭，他们根据其他人的求职经验和教训，模拟了一场又一场的考试现场，最后，他们觉得凭他们现在的能力，再出现意外是不可思议的。

偏巧，梅雨中这时不由自主地叹了一口气，说：“我感觉我们准备得万无一失了，如果他们要真才实学的，非我们莫属。可是现在这世道，人心都发黑了，谁敢说他们想要什么样的人？我曾经听说过一个故事，说的也是一个人到经营古玩的店铺去应聘，他一进门，老板就从地上拾起一根木屑问他是什么东西。应聘的人毫不犹豫地说，是秦始皇的剔牙棍。以后，许多有真才实学的应聘者都没成功，偏偏这个投机者……嗨，世道无常呀，现在的会计是会做假账的吃香呀。”

“如果这个‘博古斋’也是乌烟瘴气的场所，我宁肯无工作也不去。”常亮坚定地说。

“没工作就没饭吃，我们总不能揣着大学毕业证去讨饭吧？好了，我们的命也许好，碰上的是……我们以后见机行事吧。”梅雨中忧心忡忡地说。

终于迎来了应试这天。所有的应试者都被工作人员请进一间间几乎相似的屋子。常亮进的这间屋子里只有一张工作台，工作台上摆着一个陶碗和一只瓷壶，旁边有两张卡片。这时，工作人员说：“先生，给您五分钟的时间，请您在卡片上标出这两件器皿的生产年代和价值。”

常亮仔细看了看这两件器皿，他可以肯定这是两件赝品。虽然这两件赝品的做工还比较精细，但是价钱是不会太高的。常亮正要实事求是地标明白，他突然想到了前几天梅雨中讲的那个故事，难道……一念之间，他标上了这两件“模仿秀”的真身：古陶，产于上古年间，价值在 ××× 万人民币左右；钧磁，产于明朝，价值在 ×× 万人民币左右。

当他从小屋子里考试出来，见梅雨中正在外边焦急地等他，一见他出来，梅雨中焦急地问他：“你是怎样写的答案？”常亮一五一十地把自己的作法告诉了他。梅雨中一听，一个劲地捶胸顿足：“嘿，我是罪人呀，是我害了你。”

常亮不解。梅雨中说：“你想，‘博古斋’这样的名店，要生存要发展，能用赝品糊弄人吗？赝品再精美也只能骗人一时决不能骗人一生，这次考试，人家是要看看我们辨别赝品的能力呀。你上了我那个故事的当了……”

正如梅雨中所料，这次应聘常亮失败了。当然，也正是因为这次的失败，他有了另外的感悟：人要勇敢地走自己的路，不要让别人的经验所左右。

第五辑

尴　　尬

尴尬 / 预谋 / 队长，给我留点 / 三七二十二 / 路遇 / 送温暖 /
想象力 / 英雄的手枪 / 同病相“连” / 请把冰箱的灯关上 /
我家没有小偷 / 老爸的新“老伴” / 想不到的嗜好

尴　尬

我是坐出租来到“明珠园”集团门外的，两个穿戴整齐的保安果然挥小红旗拦住我，让我登记，还要检查我的证件。我一笑，说：那你给宋木本代个话，我就不见他了。两个保安看我说话的口气，疑惑地上下打量着我。可能是看我穿戴寒酸，一个保安瞧不起地用鼻子哼着。这时，警卫室里的电话响了，另一个保安赶紧进屋去，一刹，又跑回来，朝我讨好地媚笑，还敬了个军礼，嘿嘿，我们宋董在监控里看到您了，他请您上去。

宋木本在宽大的办公室里接待了我，他哈哈笑着说：作家，你应该胖一些才好，还有，外出办事最好穿着体面些，否则，容易尴尬。

我说：钱少是不是就容易尴尬？

应该说是这样。宋木本说：我是农村人，自从进城后，一直都在向城市人学习，比如不随地吐痰，不随手乱丢垃圾，经常洗澡什么的，为了养成不乱丢烟头的习惯，我连烟都戒了。可是，尴尬无处不在呀。

宋木本说着，瞄了我一眼，我当然要给面子，随手打开笔记本记录。他接着说：那年夏天真热呀，我虽然有了几个闲钱了，但还没有富到在办公室里安装空调的地步，偏巧，我又耐不得热，整个夏天我都像热锅里的蚂蚁。我爱人手比较巧，她给我做了几套透风吸汗的纯棉布褂子和制服裤衩，让我换替着穿。说实话，这身行头假如在农村，绝对是一流的，不掉价，穿着人模狗样呢。可是，咱的事业在城里就不一样了。有次中午，我在一家中档酒楼请客，一共八个人，除了我，人家全都是皮鞋、长裤和名牌衬衣，就我一个，套着褂子、穿着大裤衩和塑料凉鞋。那天，包间里开着空调，吹出的凉风让我光溜溜的腿起满鸡皮疙瘩，但是，我头上脸上却一个劲地冒汗。是羞愧尴尬的冷汗呀。你想想我当时的模样吧，不是娄阿鼠的德行也是没见过世面的土财主模样呀。虽然那单生意没有谈成，但那次尴尬却让我脱胎换骨……

我赶紧提问：你究竟遭遇过多少次尴尬？

记不清了。宋木本说：走走，我领你去看看他们给竖的碑，有钱了，就没有尴尬了。他说着打了一个电话，接着，一辆奔驰 600 停在了楼下。

在车上，宋木本继续说：知道我的人为什么拼命工作而无怨无悔吗？答案很简单，我宋某人从来不欠工人一分钱的工资。有一次，因为资金周转不畅，到月底，该给工人发工资了，我手里还是没有一分钱。怎么办？能借的都借到了，最后，我把老母亲的房子抵押给了银行，把爱人的金戒指、金耳环都给卖了。对此，我爱人不理解，和我怄气，连中午饭也不给做了，还在租住的房子里“呜呜”大哭。我气呀，就去街上散心。也是该出乐子，迎面正好就碰见了我的叔父。叔父是我的大恩人，可以这样说，没有叔父的帮助，我的事业没有今天的好光景。我当时身上已经没有一分钱了，但还是下意识地摸了摸自己的口袋。怎么办呢？难道要让叔父请我的客？我好歹也是个百八十个人的老板了，说口袋里连请叔父吃个便饭的钱都没有，鬼相信？也是我急中生智，边往饭店走边和叔父商量，叔叔，这酒仅仅是咱两个喝，也没有意思，我再找个人陪陪吧？我也不等他同意，掏出手机调了个号码就拨了过去，希明呀，到金都食府来，我请你吃饭。还有谁？我一个，再就是你的泰山老岳父。我用这样一个电话，把我叔父那刚结婚一年的女婿请来了。饭至半酣，我装出要去买单的样子离座。新女婿实在呀，怎么能让我去买单？为抢着去买单，他急得脸红脖子粗，不是老泰山在眼前，都要揍我这个当哥哥的了。见我们两个人抢着买单，叔父兴奋地哈哈大笑，最后说，木本呀，让你弟弟算账吧。我这才假装无可奈何把手从上衣口袋上拿下，看看，说好我请客的，也好，等下次……哈哈，哈哈哈。宋木本大笑着，眼泪都出来了。

这时，我们的车停了下来。下车来，我才知道，我们来到了一个村子的村头。我们站着的旁边立着一块高大的石碑，正面是四个红色大字：饮水思源。

宋木本立刻一脸的阳光，胖脸上洋溢着亮光：呵呵，要想不尴尬，就要多做好事呀。走，咱到后面看看。

石碑后面是碑文。上面的字一个个有拳头大，可惜是繁体的篆字，我仔细辨认也认不下几个字，而且，句子之间也没有标点符号，我看了半天，竟然没有看懂什么意思。我问宋木本：您知道是什么意思吗？宋木本说：您是作家，我请您到这里来，就是要请教您的。

我不能说我认不得几个字，那样太丢人了。我没有言语，远远地向四处观望。接着，我看到一条沟沿有一个放羊的老头，便走过去，并示意不要宋木本跟着。老头见我，很热情地和我打招呼，还要递我旱烟抽。几句话后，我知道老头的耳朵有些聋，不大声说话就要多遍重复。老头也认为我耳聋，用很大的声音告诉我：这几年村子里附近开厂子，污染了地下水，村里没有干净水喝了，本村有个姓宋的在城里开公司知道了，就出钱给修了自来水管道，让全村吃上了好水。这纪念碑，是村里为让后辈记住恩人，特地修的。后面的碑文？那可是花好多钱请北京的教授给写的。

我问：碑文上的字你认识吗？

老头摇摇头：你笑话我呀，听我小子说，他们学校的校长都不认识的。呵，也没人去后面看的。

那弄这样的纪念碑为嘛？我很疑惑。我看到宋木本也正往我们这里来。

老头呵呵笑着说：嘿嘿，俺村长狡猾着呀，还不是为了哄有钱人高兴呀。有钱人呀，容易忘本，做点善事总怕人家不知道，都愿意宣扬，旧社会的那些假善人，不是也喜欢筑路修桥再竖碑吗？

我看到宋木本已经掉头往车里去了。

预　谋

他留着一脸的长胡子。因为工作需要，他的胡子染成了雪白，这还不够，白胡子上他又弄上了卷，粘了些胶，就现出了肮脏潦倒的效果。他的工作地点是公园门口或华联商厦的门口。当然他更喜欢在公园门口，因为那里的孩子多。孩子更善良。每天早晨吃完饭，他就穿上那件缝着五颜六色补丁的工作服在公园的门外找个空地，坐下或跪下，把一个破毡帽放到眼前，再把眼泪和鼻涕弄出些，然后声音嘶哑地喊着："可怜可怜我这个孤老头子吧。"对，他的工作是乞讨。

每天，他的周围都会围上一圈人，人围的多了，就会有人往他的破毡帽里扔钱，也有时没人带头自觉地扔，这就需要他把破毡帽举到胸前，观望着找一个面善的人，声泪俱下地看着他："可怜可怜我这个孤老头子吧。"面善的人肯定恍然大悟，然后掏出钱，丢进他的破毡帽。这时，其他人才会随大溜地跟着往他的破毡帽里甩毛票。

这天，又出现了没人带头的情况，他及时地把破毡帽举起来，然后抬起头，似老眼昏花地往前后左右瞧。接着，他一喜，他看到一个油头粉面、西装革履，大款模样的人正挺胸腆肚地站在人群的前头。他想，难道今天我会发财？这可是大款呀，人家随手给点，不也得三百五百？少了谅他也拿不出手！这样想着，他擎着破毡帽，点头哈腰地挪到他的跟前："可怜可怜我这个……"

大款先是一怔，看着他，似乎不知什么意思，然后他明白了，哈哈大笑着把手伸进了上衣口袋，摸出了一个精致的钱夹。乞者好激动，他的眼睛里冒着贪婪的光。他死死地盯着大款的手。但是，大款的手没有拉开钱夹的拉链，他在拉拉链时手抖了几抖，接着他把钱夹放进了拎在另一只手里的精致的包里。乞者疑惑了：他，他这是……

大款笑着说："走，你拾掇拾掇跟我走。别怕，我估计你今天中午也没地方吃饭。你先跟我去吃饭，然后我再领你去洗个桑拿，然后嘛……" 大款不用再说了，乞者再傻也可以估计到：好运气真的来了。

大款领着乞者往公园对门的昌泰酒楼走去。在酒楼门口，迎宾小姐拦住了乞者。她嫌他穿得脏破，不准他进门。大款转回头对小姐说："他是我的朋友。" 小姐很吃惊："先生，您还有这样的……" 大款应该恼怒，但是他没有恼怒。他说："怎么？你认为他是……哈哈哈，你们呀，就是喜欢以穿戴猜身份，知道吗，他是演员，在体验生活……"

大款领着乞者进了一个包间，他对服务小姐说："上你们这里的六个拿手好菜吧，最好实惠些，我的这位朋友这几天遭罪了。" 借小姐去端菜的机会，大款从皮包里掏出了手机。他很是轻巧地按了七个键，然后迅速地把手机贴到自己的耳朵上："喂，张总吗？对，是我，我让你办的那个事你办得怎样了？……呵，呵呵，你快些……我知道，但是你得记住，少了 8000 万免谈……嘛？他要见我？不行！我怎么可能谁都见？不见！就这样，好好，我会考虑的……" 通完话，大款把手机放进了包里，然后又从口袋里掏出个本子，飞快地在上面写了几行字，写毕，哧啦撕下来，也放进了皮包里。这时候，服务小姐已经把酒菜规规矩矩布满桌子。也恰好大款忙完了，他说："来来，咱吃饭喝酒，吃饱喝足后咱再……别客气，多吃多吃，反正已经花钱了，不吃也是浪费……好好，我陪你吃……来，喝……来，咱俩干杯……"

两人干了几杯后，大款的头就一个劲摇，好像是不胜酒力的样子。大款又端起了酒杯，乞者马上响应，他想，把大款灌醉了才好，到那时，他再给我钱，就不会有数了……

桌上的菜所剩无几时，大款的头晃得频率更大了，看样子的确喝到砝码了，但他没有停下的意思，而是打着响指，招呼服务员继续上菜。服务员刚端上一个菜，他就及时地打了一个酒嗝，接着，他晃晃荡荡地站起来，边掏手帕堵嘴边口齿不清地说："我，去洗手间，你先自己吃……" 说着，连餐桌上的皮包也没有顾上拿，就走出了包间。

大款离开了很长时间也没有回来。起初，乞者还很高兴，想，我终于遂愿了，他终于喝醉了。但是，他等了很长时间还不见大款回来，就有了许多想法。他想得最多的是拿着大款的皮包赶紧离开，因为他记得大款的手机和钱夹子都放在里面。钱夹里的钱肯定不会少，因为人家是大款嘛。但是他又想，凭他现在的样子恐怕拿了这包也走不了。门口有把门的，并且饭费还没有付，如果，如果……如果我从大款的皮包里先偷偷地弄出点钱……对，就这么办。乞者犹犹豫豫、小心翼翼、胆战心惊地把大款的皮包拿到了手，他匆忙地拉开了拉链，先把手机掏出来，正要掏钱夹，就看到了大款刚才写的那张纸条，但他没有心思看这纸条，还是先掏出了钱夹。他哆嗦着手拉开拉链，奇怪，大款的钱夹里怎么会一元钱也没有？再看看他的那个手机，妈的，竟然是个塑料的儿童玩具！乞者这时候才急了，心里一边骂这畜生怎么拿我这个乞讨的开玩笑，一边看起了大款留下的纸条："朋友，我搞了许多生意干了许多买卖，什么钱挣来都不容易，今天我才发现，只有你这工作才是一本万利。说实话，其实今天的我比你更穷，我还不如你有钱呀，我比你强的只有一点，我有个看样子很高级的皮包。饭费请你付了，我算过你口袋里的钱。朋友再见。"

队长，给我留点

“文革”时，反动权威张学厚被安排积肥。生产队对其要求是大街小巷不能有猪粪狗尿，更不能让村干部踩上，否则，就开他的批斗会。那时候，村里的牲畜还没有实行圈养，大街小巷不是鸡刨食就是猪散步，畜生们方便也不懂得找厕所，所以，张学厚想有一天不参加批斗会真还就挺难。

批斗会一般是中午吃饭前进行，批斗完，队长和社员同志们才能心情舒畅地回家吃饭。张学厚却要继续留在地头把批斗会耽误的积肥任务完成。因为不能回家吃饭，他每天早晨都要带一块干粮，留着社员们走后自己填饱肚皮。那阵，粮食稀罕，张学厚带的干粮有时是高粱饼子，有时只能是一个地瓜。让张学厚头皮发麻的是，每次批斗会结束后，队长都要检查他的午饭，这检查可不是看看而已，而是咬一口尝尝，有时，队长一口下去，干粮就去了一大半，边嚼还边说：“哦，不错。”听队长说不错，保管、会计也凑上前来检查，这样，一块干粮检查下来就只剩下一小口。也有时队长边嚼边说：“不好吃。”保管、会计不信，也要检查一遍。总之，不管好吃与否，干粮都只给他剩一小口。每次队长带领保管、会计检查午饭，张学厚都要着急地大喊：“队长，给，给我留点。”队长一瞪眼：“你个反革命，怎么分不出好歹？领导关心你，你有意见？”每当队长率领社员们凯旋而归，张学厚都要在后面咬牙切齿地骂一通，不是因为怕连累老婆孩子，他真有把耗子药拌在自己干粮里的念头。

这天，批斗会一结束，队长照例来检查他的口粮。张学厚没有好气地说："我家断顿了，我今天没带。"队长不信，疑惑地上下打量了他一番，看他的胸前鼓鼓囊囊，便把手伸进他的胸里，随即掏出一个纸包："杂种，学会撒谎了？"边说边熟练地打开纸包。

见队长一意孤行，张学厚焦急地大叫："队长，你不能吃，那不是……"

队长一瞪眼："我为什么就不能吃？我偏要吃。"说着撕吧撕吧纸包，照着那堆黑东西恶狠狠地一大口咬去，边嚼边说："呕，这次味不对。"看着队长的神色不对，保管、会计按惯例接过纸包，正犹豫是否继续检查，张学厚又喊："队长，给我留点。"保管、会计一听这话，赶紧进行检查："对，味是不对……"刹间，所有检查人员神色大变："张学厚，你这是包些嘛东西？"

"能是啥？屎呀，是村书记二小子和张寡妇家的猪拉在街上的屎。"张学厚虽然满眼带笑，但大嘴仍旧痛苦地裂着，"队长，我这可是听您的话，一心一意地想积好肥的，我生怕好好的肥料可惜了，看到肥料马上归拢起来，没有保险地方放才藏在怀里的。我可是说不让您吃的……"

三七二十二

据说，郑板桥刚开始做官时，当的是知府。凭他的学问，当丞相也是有可能的，但是，最后他的官却没能当大，而是越做越小，原因也是很简单，就像现在一些当了官的大知识分子一样，不但清高，最关键的是为人太较真，时时一副忧国忧民的形象出现，并专门与阿谀谄媚、贪贿弄权的大臣们作对,动不动就要上疏弹劾贪官污吏,你想这还有好呀？所以当他被安排到潍县当县令时,就有朋友劝他要识时务,要当俊杰,人家说:就凭你个写字画画的,管那么多闲事呀？再说,就现在这世道,你想让皇帝都把大臣们杀掉怎的？都杀掉了,谁给皇帝干活？你认为世人都不知道他们的所作所为呀？人家是在装糊涂!

朋友的话让郑板桥很难过,很痛苦,连县令也没心思继续当了。就在他决定挂印不干的时候,潍县境内发生了这样一件事。事情不大,也很无聊,但却惊动他这个知县。事情是这样的:

一个财主与一个秀才是一对好朋友,两人经常在一起饮酒品茶闲聊,这次两人闲聊来闲聊去,就争吵起来了,原因是财主雇佣了几个短工,财主与短工在雇佣前就讲好,打 天短工给七文大钱。短工共给财主干了三天活,临走结账时,财主给了短工 22 文大钱。秀才很惊讶地问:“你怎么多给他们钱？”财主更惊讶:“我怎会多给他钱？三七二十二吗,你还是秀才,连这点小账也算不清？”秀才就觉得受了侮辱:“我算不清小账？三七是二十一,你算不清这样的账,真不知怎样发的财。”财主急了:“三七二十二谁不知道？我家祖祖辈辈这样算……要不咱问问大伙。”短工们当然盼望财主次次都照三七二十二付工钱了,所以都争先恐后地说,三七就是二十二。这次秀才可真急了,他觉得这是诬蔑学术的大事,不据理力争对不起伟大的真理,因此,他就拖着财主的手跑到了县衙,让大学问家郑板桥给做主维护正义。

这事惊动了潍县的老百姓,大伙都涌进了县衙,看耍猴般看大学问家郑老爷怎样审这稀奇案。

郑板桥问清案由,吩咐身旁的衙役:“打秀才个三七二十二棍。”

刚才还趾高气扬的秀才慌了,磕头如捣蒜:“青天大老爷,我冤枉呀,明明是三七二十一,我是正确的,您为什么倒来打我？”

郑板桥一拍惊堂木:“他连三七等于二十几都不知道,你还和他争得这般起劲,难倒该打的不是你？不狠狠地打你一次,你以后还要为些酸臭的学问来搅乱老爷的公堂。”

这是一个答案，也有人说，郑板桥当时是这样说的：“你个穷酸秀才，脑子一点也不开窍。你知道人家为什么发了大财？人都是爱占小便宜的，他们家祖祖辈辈三七二十二的干下来，雇工就都愿意来他家打短工，愿意来实实在在地干活，所以，人家就发了财。”

还有另一个答案，更有人说，郑板桥太瞧不起为富不仁的财主，他想让这些财主祖祖辈辈都丢人。只有打了秀才，财主才会更认为三七就是二十二，并不会更正，他们家也就永远丢人现眼。

总之，据说就是通过这次案子，郑板桥才明白了“糊涂”的意义，所以他才很有感触一挥而就，写下了那个千古绝笔：“难得糊涂”。

路　遇

我携一个同学骑自行车去郊外，遇到一个老人，弓腰弯背地拉着一板车西瓜。我们遇到他时，他正鼓足干劲，力争上游。我对同学说：“我说我要做好事，看，机会来了吧。”

同学会意地一笑，说：“你去吧。”

我就支好车子摇摇晃晃地走了过去。先欣赏地看老人用吃奶的劲拉车，然后，卷起衣袖，俯下身子去帮他推。

“干什么你？！”老头突然猛地放下车，瞪眉立目地对我吼。

“我……”我一呆，一时竟忘记了自己要干什么。停了一霎，我说：“我是来帮你推车呀。”

“帮我推车？”老头愤怒地吹胡子瞪眼，他抹一把干橘皮似的脸庞上正滚太阳的汗珠，“哼，我哪里用得起你，我谢谢你的好心肺，请你走吧。”

啧，不知好歹的老头。我扭头就走。然而，就在我转身的同时，我分明听见身后的老头在不三不四地絮叨：“……小小的年纪，不学好，想偷我的西瓜，还假装做好事……”

“你，你胡说些什么？……”我猛地转过身，我觉得肺都要气炸了。

老头一惊，接着他前后左右飞快地张望，脸上迅速地换上了灿烂的笑：“嘿嘿，爷们……啊，不，哥们，哈哈，你要吃瓜，我这就给你挑，你看这个……”

这时，同学过来拉我一把，问怎么了。

我没头没脑地山吼一声：“这是怎么了？我倒是宁可挨他一顿臭骂更舒服！”

同学说：“你有这做好事的心，就是成功的。”

送温暖

春节送温暖，局里安排的是高局长的家乡驮牛岭。

虽然离家多年，高局长对自己家乡村民的一些基本情况还是了解的，几乎没有村长特别指引，就率领着送温暖的队伍轻车熟路走了村里的几家贫困户。接着就到了张大娘的家。这张大娘是村里的活宝贝，是村里最早入党的党员，今年有90多岁了。

一行人来到了张大娘的跟前，高局长抢在最前，他真诚地告诉大娘，他也是犾牛岭的，叫高春来。

张大娘摇着一头白发，说她的眼花了，不记得了。

不认识高局长怎么行？村长急了，连忙招呼几个人上前帮着张大娘回忆高局长在村子里的一些零碎的记忆。可是任凭村长等人抓耳挠腮地提醒，她就是摇头："我认不得呀。看孩子这大肚子，我从来没有见过呀。"

还是高局长记事，他提醒道："大娘，我记得当年您家有棵大枣树，每年我们几个调皮的孩子来，您都给我们枣吃，大娘是好人，爱孩子呢，我是那个小不点。"

"是呀，我家当年有棵老枣树，枣一红了，村里的坏孩子就来偷，打也打不跑。我交党费呀、过日子零花呀都指望这卖枣的钱……对，是有个小不点，蔫坏，每次来偷枣都事先把我老婆子锁在门里，他们在外面糟蹋。以后，树就给糟蹋死了。对，他叫高，高什么，春来！有一年还把我的老母鸡的屁眼里塞进了个爆竹……你，你认识这个坏小子？你告他说，再回村子来，大娘我打断他的狗腿。"

张大娘这通话，高局长脸红脖粗，一旁的村长气得摩拳擦掌，他还算精灵，忙接话："俗语说：老老实实无作为，调皮鬼成大器吗，哈哈哈。"

高局长连忙借坡下，他掏出一个红包，递给张大娘："张大娘，您是老革命，要过春节了，我代表政府给您老送温暖来了，这是给您的慰问金，请您收好。"

张大娘一边接红包一边还不死心地问："你真认识高春来？你怎么，怎么这么大的肚子？嘿嘿……政府也是的，怎么敢打发你来给我送钱？"张大娘说着打开红包，抽出两张红彤彤的人民币瞥了瞥。

高局长说："您老多保重身体，我们还要去慰问其他的贫困户……"说完，和村长一起率领人往外走。

刚走到门口，就听张大娘对自己的孙子说："努，你不是总要纸壳叠纸牌吗？拿去。”

村长转头一看，啊呀我的老天，这张大娘真是老糊涂了，她竟然把两张崭新的人民币递给了不懂事的孙子。

村长赶紧慌里慌张地跑过去，从孩子手里把人民币夺回去，恼怒地说：“张大娘，您怎么糊涂了，这是两百元钱呀。快，快收好。”

张大娘嘿嘿地笑起来：“看把村长你急的，你告诉大娘，来的可真是高春来？”

“是，是高、高春来，高局长！”村长说。

“这不得了吗？”张大娘说，“你也是个实心眼子呀。你想这高春来咱怎么能相信？他当年在咱村里做下的事你也不是不知道，我老婆子眼花心可没花呀，我早估摸了，他这次肯定是拿两张假票子糊弄我老婆子呀。”

高局长像被人点穴一般钉在门口。

想　象　力

8 时 30 分，在 ×× 公路上发生了一起恶性车祸，现场很惨；两辆曾经崭新的自行车破碎地叠在一起，一个壮小伙与一个儿童倒在血泊里……

8时35分，A对B说：“真惨，马路上碾死了一个小伙子和一个孩子……”

8时40分，B 对 C 说：“听说了吗？刚才马路上有个小伙子为救一个孩子让车碾死了。过几天报纸上又要开展活动……”

8 时 45 分，C 对 D 说：“知道吗？刚才马路上撞死一对父子。咳，现在这些年轻爸爸拿儿子比爹还顺，好！这下丧在儿子手里了。”

8 时 50 分，D 对 E 说：“……”

二

8 时 30 分，在 ×× 公路上发生了一起恶性车祸，现场很惨：两辆曾经崭新的自行车破碎地叠在一起，两个小伙子倒在血泊里……

8 时 35 分，A 对 B 说：“真惨，马路上碾死了两个小伙子……”

8 时 40 分，B 对 C 说：“听说了吗？刚才马路上碾死了两个愣头青。唉，现在这些年轻人，骑车也不认真，在马路上打打闹闹你追我赶……”

8 时 45 分，C 对 D 说：“知道吗？刚才马路上撞死兄弟俩，为争他爹那俩钱动手打起来了，最后当弟弟的抢了钱在前头跑，哥哥在后头追，唉，钱真不是好东西……”

8 时 50 分，D 对 E 说：“……”

三

8 时 30 分，在 ×× 公路上发生了一起恶性车祸，现场很惨：两辆曾经崭新的自行车破碎地叠在一起，一个小伙子和一个姑娘倒在血泊里……

8时35分，A 对B 说：“真惨，马路上碾死了一个小伙子和一个姑娘……”

8时40 分，B 对 C 说：“听说了吗？刚才马路上碾死了一对新婚夫妇，唉，现在这些年轻人，结个婚也神魂颠倒地要旅行，这下看吧，把马路当成席梦思了，到阴间度蜜月去了吧……”

8 时 45 分，C 对 D 说:“知道吗？刚才马路上撞死了一个流氓和一个漂亮姑娘，唉，现在的小伙子，个个像流氓，在大道上也敢调戏妇女。唉，只是可惜了那个姑娘……”

8 时 50 分，D 对 E 说:“……”

英雄的手枪

要过春节了，单柱和老婆春花细细地算了算一年打工挣的钱，除去饭钱和房租，刚好还剩下 4000 元。两个人真高兴，商议着拿 200 元回老家过个肥实的年，剩下的 3800，来春修缮一下房子。

回家前，两个人到城里的商品批发市场批发了一些过年的东西，在给儿子买礼物的时候，两个人的意见很久没有达成一致，春花的意见是给儿子买一套像样点的衣服，单柱说:“儿子才五岁，正是吃屎的时候，买那么好的衣服干啥？不如用这钱买两样:一套便宜点的衣服，一枝玩具手枪。男孩子，怎么好连枝手枪都没有？我小时候，让玩具手枪馋得眼蓝，我可不能再让儿子走我的老路。求求你开恩了，老婆。”单柱说着这话，一副可怜巴巴的样子。说实话，平时单柱可是不敢不听春花的话，原因很简单，春花厉害着呢，单柱敢自做主张，春花就敢骂他。单柱这次仗着胆子在大庭广众之下说出这话，是明显的想让春花过领导瘾。人来人瞅的，单柱这个样子，春花就不好意思不答应。最后，到底还是给了单柱三元钱，让他给儿子买了一枝黑色的塑料手枪。春花付钱的时候，单柱高兴得像个孩子，喜滋滋地举着手枪比划了一气，然后才小心翼翼地装进了自己的口袋。

一切准备就绪，两个人登上了返乡的汽车。车上的人很多，基本上都是像他们一样的进城打工回家过年的人。打工一年，真还没有好好地休息一天，现在上了车，精神放松了，单柱往座位上一靠，很快就响起了鼾声。车刚出城不久，迷迷糊糊中，单柱隐约着听到好像是春花在号啕大哭，睁开眼一看，果然是春花咧着大嘴在抽泣。仔细一看，单柱的头嗡地一叫：坏菜了，遇见抢劫的了。只见三个凶神恶煞的男子，一人举着一把锋利的匕首，一个朝着春花比划："再嚎，宰了你！"一个正忙着往口袋里装春花包着4000元钱的手帕，另外那个眼瞅着举着锃亮的匕首向他逼来："把钱掏出来！"单柱的手下意识地伸进口袋，接着他缓缓地把给儿子买的玩具手枪掏了出来："这个，这个……"他紧张着地攥着枪把，并把黑洞洞的枪口对准了那个歇斯底里喊话的歹徒。

刹那间，车厢里的空气凝固下来，三个歹徒一瞬间全都目瞪口呆地盯着单柱手里的手枪。这时候，被抢去售票包的售票员喊："警察，是便衣警察。"一听是便衣警察在车上，车上的旅客一哄而上，立刻，三个歹徒被顺利地制服了。再以后，车上的旅客才知道单柱手里攥着的是什么玩意。售票员对着捆得结结实实的歹徒说："你们也是脑里有水，就他刚才那吓得小脸煞白，浑身哆嗦成一个的样子，会是便衣警察？真是做贼心虚呀。"这话让三个歹徒后悔不迭，一车的人也全都为刚才的英勇行为后怕。只有春花高兴得热泪直流："亏了听你的话，给儿子买了这支手枪，要不，咱挣的一年的钱就全瞎了。"

天近傍晚的时候，客车驶进了叶城，因为去公安局有一段禁行路，客车没有往里驶，售票员召集着单柱、春花和十多名旅客押解着三名歹徒步行去了公安局。公安局的警察听说了抓捕歹徒的经过后，很高兴，记下了单柱、春花及售票员等抓捕歹徒有功人员的名字和地址，说是给上级汇报后要给他们奖励，因为这三个歹徒是在逃一年多的杀人抢劫犯。

售票员问："杀人抢劫犯？我们抓了这样大的家伙？能给多少奖励？"

一个警察说:“悬赏抓这三个歹徒是 50 万元,你说你们几个能分多少钱? 估计……”他一指单柱,“这个叫单柱的立了大功,我觉得怎么也得给 10 万吧,其他人,分个三万两万的不会成问题。”

一听自己即将得到 10 万元的奖励,单柱激动得浑身的肌肉乱跳,和老婆拼死拼活干了一年才节余了 4000 元,想不到这瞎猫撞个死耗子地抓了几个坏人,会顶两口子干上二三十年。

从公安局往客车上返的时候,十多个人全都是一脸的兴高采烈,特别是单柱,忍不住地又把那把立了大功的玩具手枪掏出来,一边东西南北地比划,嘴里还配着“啪啪”的声音。握着玩具手枪,单柱似乎感觉自己成为了伟大的英雄,浑身力气倍添,勇气倍增:抓三个逃犯奖励了 10 万,如果再能有幸抓住几个抢银行的强盗,那么这辈子什么活再也用不着干,就能够吃香的喝辣的了。这时,老婆春花看他玩塑料手枪玩得高兴,也忍不住过来要看看他手里的手枪,单柱一撇嘴,第一次没有搭理春花的情绪,他连理她的兴趣都没有,一扭脸向前跑去。现在,单柱在心里再也瞧不起头发长见识短的老娘们了,如果不是自己非要买这把玩具手枪,咱能得到 10 万元的奖励吗? 10 万元呀……

单柱大英雄似的挥舞着手枪雄赳赳气昂昂地朝前走。天即将黑下来了,街上的行人都在急匆匆地往家走,一点也看不出还会再出现暴徒什么的危险情况。单柱有些遗憾,觉得自己的手枪再不发挥出点作用实在是可惜了。他举着手枪东张西望,突然看到一辆小巧的灰色汽车由正常行驶的路线进入非机动车道,并缓缓地向前行驶。单柱一眼认了出来,是银行的押款车。难道押款车遭到了暴徒的劫持? 单柱的脑子一动,浑身的豪情立刻涌上头顶,他觉得自己手里握着的塑料手枪变成了威力无边的真手枪,他威武地向前跑着,离着押款车还有十多步远的地方坚定地停下了脚步,然后双手紧握手枪,笔直地扣动了扳机。

“啪”的一声枪响,竟然是举着玩具手枪做射击状的单柱一头栽倒在地,接着从他的头颅里,冒出了红彤彤的鲜血。

“单柱,单柱……”春花惊恐失措地扑过去扶单柱的身子。接着两名戴头盔、穿防弹衣、手举武器的武警也小心翼翼地围拢过来,其中一个武警谨慎而迅速地从单柱的手里抽出那支玩具手枪。

在几个全副武装的武警如临大敌地向四处观望时,有几个距离现场很近的人,惊恐失色瘫在地上,并把双手高高地举过了头顶。

同病相“连”

县城的人民医院有一位名医,叫卜易难。这卜医生今年 68 岁了,因为他的医术高超,在退休后,县医院又把他反聘了回来,在反聘他时,院长怕他不愿意回来,特意承诺:反聘期间,卜医生是自由的,也就是说,平日里,卜医生愿意啥时上班都可以,只要医院里有了疑难病症,卜医生能够及时出马诊断就行。因为小县城的病人们相信卜医生到了迷信的地步,只要是卜医生亲自诊断下药的病人,即使是癌症患者,都能多活几年。

卜医生是个作风严谨、正统的人,每天早上八时和晚上八时,他会准时出现在病房里,察看完病人的病情,他才会回到医院特意为他腾出的办公室及工作室,整理他从医近 50 年来诊断疑难病的经验和体会。他想给后人留下点有用的东西。除了每个星期天,他每天都在他的工作室里间就寝。

这天晚上八时,他照例要到病房去查房,刚进病房,就有个年轻的医生慌慌张张地来请他。原来,抢救室里又来了个得疑难病的病人,在诊断时,有几位医生的诊断意见发生了矛盾。卜医生走进抢救室的时候,他们还在争论。他们见卜医生走了进来，都不再说话，用信任的目光看着他。卜医生没有理会他们，而是认真地观察了病人的病灶、舌头和眼睛，还仔细地摸了摸病人的脉搏，最后肯定地说："这是W A病毒感染。"卜医生下了这个结论，其他医生就都不再言论了，都在积极地准备药物抢救病人。卜医生就要离开，突然，一个年轻的戴着眼镜的，长着一副娃娃脸的医生拦住了他："卜老，您再认真地看一次病人，我总，我总认为……"娃娃脸医生的脸涨得通红，他很激动地说。

抢救室里的医生们都停了手脚，一起吃惊地看着不知天高地厚的娃娃脸医生。卜医生认真打量了一下娃娃脸医生，说实话，他是非常喜欢这个年轻人的，小伙子平时很好学，也肯钻研，对一些疑难病例也有自己独特的见解，所以，卜医生和颜悦色地对他说："小马，我已经认真地观察了病人，我敢肯定他就是W A病毒感染，也许书上找不到这样的病例，可是我们医院两年前曾经收治过这样一个病人，当时就是因为我们诊断不及时，延误了抢救病人的最佳时机，病人才不幸病故的，我们一定要接受教训……"卜医生说的这样语重心长，按说小马医生应该马上投入到抢救病人的工作中去，可是，小马医生仍旧一意孤行："卜老，求求您再费心诊断一下吧，一旦误诊会要了他的命的。"小马医生急出了一头大汗。卜医生料不到小马医生会这样固执，他说："如果是我误诊了，我将负完全责任，你误诊了，你敢负责吗？"小马医生一怔，然后坚定地点了点头。

小马医生的点头让卜医生措手不及，他无可奈何地说："好吧，停止抢救，通知院长，请省医院的专家来会诊。"说完，卜医生拂袖出了抢救室。

在自己的工作室里，卜医生的心情久久不能平静下来，他绝不相信自己会误诊，人命关天呀，这个病人如果不迅速地抢救，也将和两年前的那个病人一样踏上不归的黄泉路。卜医生在工作室里踱了两圈步，最后他下定了决心，不能和年轻人一般见识，救病人要紧。他抓起了电话，通知抢救室马上按自己刚才诊断的方案进行抢救。刚放下电话，他就听见了有人在急促地敲门，卜医生刚要说请进，门外的人一头闯了进来。

来人肤色苍白，面容憔悴，但身上的病号服却很整洁。看它的样子，卜医生就明白，这是个身患重症的病人，也许是求自己诊断的吧。卜医生连忙拖过一把椅子让他坐好：“您哪里不舒服？”

“卜医生，我是外科16床的王思佳呀。”病人说。

王思佳？名字有点熟，面容也有点熟，但卜医生怎么也想不起这个王思佳患的是什么病了。卜医生没有多想，他认为自己一天诊断的病人太多，忘记个把也在所难免。“王同志，您觉得哪里不舒服？”卜医生继续问。

王思佳说：“卜医生，我是来告诉您的，您刚才诊断的那个病例是错误的，您应该让抢救室按照马医生的方案抢救。”

卜医生不由怒火填膺，他觉得小马医生太过分了，他怎么能让一个病人来胡搅蛮缠？但是，对待病人，他还是和风细雨地说：“王同志，你现在的主要任务是配合我们好好治疗，至于诊断，我们会认真仔细实事求是的。请你现在立即回病房休息。”

“卜医生，你不要觉得自己是医学的权威就一意孤行，就固执呀，你这样会要了病人的命的。”王思佳竟然发出了与他病弱的身体很不相称的嘶叫。

卜医生被他气得浑身颤抖，我固执？我一意孤行？“请你立即回病房休息！”

王思佳却不走，继续赖在椅子上声嘶力竭地大叫：“你的权威已经害过一个人了，你不能再把另一个人也害死。”

卜医生只好再次抓起电话，他要通知护士把这个叫王思佳的病人抬回病房。

但是，就在卜医生拿起电话的同时，王思佳从椅子上跳起来，他双眼死死地盯着卜医生，两腿神奇地、迅速地向后退着：“你会后悔的，你会后悔的……”

卜医生再愤怒也不能忘记自己作为一个医生救死扶伤的职责，他跑着过去，他要扶住王思佳，避免他跌倒，然而，王思佳已经闪出了门口，消失得无影无踪。

当卜医生回到工作室后，他猛然发现自己的办公桌上多了一份病历。打开一看，竟然就是刚才那个叫王思佳病人的，上面还有他签署的意见：病人是W A病毒感染……

看着看着，卜医生觉得自己的汗毛倒竖，他看到了自己签署意见时的日期，是距今两年前的1999年3月10日。

请把冰箱的灯关上

阿龙是个乡下青年。他有幸和城市女孩娅丽交了朋友。这天，阿龙要到未来的岳母家作客。临去时女朋友娅丽就嘱咐他千万不要让她妈看出他是乡下人。

娅丽的妈妈看到阿龙长得比较英俊潇洒很高兴，连忙到厨房做饭。阿龙为了给未来的岳母留下好印象，也争着去厨房帮忙。岳母更高兴了，欢喜地一个劲说好，好。

阿龙正在净菜，岳母就亲热地吩咐他："阿龙呀，你先从冰箱里拿出块肉切切。"

"好了。"阿龙响亮地应着，急匆匆地拉开冰箱门，从里面找出肉。正要关上冰箱门，却发现冰箱里的灯亮着，他连忙寻找开关，却没能找到。这时，岳母又问："怎么？没肉？""有，有，我这就……可，可……"阿龙正要询问岳母怎么关闭冰箱里的灯，他突然想起刚才娅丽嘱咐他的话，赶紧息了声，不管三七二十一地关上冰箱，他想等会让娅丽来关吧。

作完客，阿龙要走了，对他很有好感的岳父岳母一起出门送他，阿龙装出突然想起的样子说：“叔，婶，真不好意思，给你家浪费电了？”

“咋了？”两个老人一齐问。

“嘿嘿，我刚才从冰箱里往外拿肉时，忘了关上里面的灯了。让娅丽先去关上吧？”

“冰箱里的灯？”两个老人都愣了，“咋，你家的冰箱……”

阿龙大言不惭地说：“我家的冰箱就是因为我总是忘了关灯才烧坏的。”

我家没有小偷

“金都花园”的八号居民楼在星期六的晚上遭到了小偷的洗劫。接到报案是第二天早晨，社区公安分局的分局长汪洋亲自带着十多名外勤警察赶赴到了事发现场。

被窃居民楼共有 50 户住户，至今已经有二十多户人家报了案。经过初步勘察，小偷入室的路线都是后凉台的窗户，最令人震惊的是事发当时，这些住户家家都有人在睡觉。

为了掌握更多的情况，也是为了对其他的住户负责，汪洋亲自带着一名警察走访那些没有报案的住户。跟着他走访住户的这名警察是刚从警校毕业的新警察，名字叫丰良。

丰良自告奋勇地按响了 303 住户的门铃。这户的门铃声是两句很优美的童谣，但这两句童谣响过一遍后，屋里却没有出现一丝动静。丰良的心一沉，心里暗叫不妙：难道是这家的住户遇害了？丰良如临大敌地扭头征求意见地瞅汪洋，汪洋却一点也没有提高警惕，还很不满意地说："瞅我干啥？再按门铃，按住不要放手……我不信这家里会没有人。"

真让汪洋猜对了，当那两句童谣又在屋里翻来覆去地唱第三遍时，屋里传来了一个男子的动静："怎么回事？什么？是警察？咦，你们警察找我干啥？我似乎没有干违法的事呀，你们是不是走错门了？"

"这是我的证件，请您配合我们的工作：昨天晚上有一伙小偷偷盗了你们楼的几户住户，我们打算了解一下您家的情况。"丰良客气地说。

"我家没有被偷盗，我家很正常，从来没有过的正常。谢谢你们的关心……对不起，我不喜欢和警察说话。"门里的男人说着，竟然由门口往里面走。

丰良的脸不由自主地红了，他转眼看了一眼汪洋，他似乎从汪洋的眼神里看出了这样的潜台词：还警校毕业呢，连个门都叫不开，指望你们这些嫩小子，能破个什么案？汪洋上楼去了。

丰良怎么可能当嫩小子呢，他从口袋里掏出一张手纸，扯了一个小角用唾沫粘到了了猫眼上，然后原地踏着步，制造出由近到远离去的脚步声。

屋子里的男子果然上当了，过去了仅仅两分钟的时间，他就急不可待地轻轻地开了防盗门出来查看究竟。他刚刚探出头，丰良一把把他扯了出来："没问题，你鬼鬼祟祟地干什么？"说着他窜进屋子。接着，意料中的情景出现在他的眼前：这家屋子里果然一片混乱。

丰良正要仔细勘察，那男子气急败坏地赶过来："你们警察私闯民宅，我要起诉你！"

"你再嚷嚷，我按妨碍公务拷你！"丰良大气凛然地说，然后怒气冲冲地质问，"你家里明明进了小偷，你为什么要隐瞒？"

"我家没有进小偷，我家什么也没有丢。"男子仍旧此地无银三百两地喊。

丰良扫一眼乱得毫无章法的屋子："没进小偷屋子里会这样乱？你认为

我是傻瓜？你包庇小偷的目的是有不可告人的秘密吧？”

“你当然是傻瓜！我家就愿意这样乱，难道这还违反法律吗？”说这句话的是一个女人，“我真是奇怪，你们警察怎么都是一个德行？！”

丰良是警校毕业的高才生，他当然知道自己现在应该如何去做，他一咬牙一跺脚，老老实实地退到了门外，与此同时，门被那个男子重重地从里面关闭了，丰良分明听到男子在屋里骂：“警察，我讨厌你们，我希望你们不要再骚扰我们。”

站在楼梯上，丰良狼狈不堪，正在这时，汪洋奇迹般从高处的楼梯上往下面来，丰良连忙说：“局长，303号居民家也遭到了小偷的偷盗，但是这户居民死不承认招了小偷。”

“有证据证明他家的确有小偷光临过吗？”汪洋抿着嘴唇问。

“证据很充分，他家客厅里乱极了，东西丢的到处都是，乱七八糟得让人没处下脚。”丰良说，“局长，赶快弄搜查证吧，他家里明明进了小偷却不敢承认，我敢肯定有鬼，闹不好会是个大贪官呢。你想呀，局长，家里如果没有不义之财，怎么会遭了小偷还死活不敢承认呢？”

汪洋“扑哧”一声乐了：“嗬，丰良呀，你不愧是警校毕业的高才生呀，刚上班三天就让你挖出个大贪官。不错，不错，看样子咱中国离彻底清除腐败的日子不远了。”

丰良有些奇怪，这话音里怎么满是讥讽呢？丰良还要说什么，汪洋说：“先下楼吧，刚才伙计们报告，入室盗窃的小偷已经被抓获了。我们审讯后再说吧。”

小偷的供词证明了丰良前半部分的推理非常正确，小偷非常肯定地供述，他的确曾经进入过303室，但是，他进入房间后马上又退了出来。“这户人家的客厅里乱糟糟的没处下脚，我认为我的同伴抢先光临过，所以什么也没有偷，就出来了。”小偷交代。

丰良惊讶地张大了嘴。押走小偷后，汪洋对着丰良说：“没有想到，她的这个懒惰的坏习惯竟然会让他们逃避了强盗的洗劫。”

丰良不明就里，汪洋说：“那个女子是我的前妻。”

原来，汪洋的前妻是个养尊处优的女人，婚前她生活在父母的呵护下，得到的从来都是舒适的环境和可口的饭菜，她在和汪洋结婚时，唯一的要求是：既然你爱我愿意娶我，那你就像我的父母那样无微不至地照料我吧。

“可是，咱干公安的，天天忙忙乱乱，回到家，最需要的也是舒适的环境和可口的饭菜呀。”汪洋抱怨地说，“所以，我们警察，是不允许娶娇女人当妻子的。”

老爸的新“老伴”

有一天，我妈来了一个电话，在电话里，我妈号啕大哭：“你说我的命怎么这么苦呀……天呀，我真过不下去了。”我知道，我爸爸又找茬欺负她了。

爸爸的更年期是退休以后正式爆发的。退休前，他在单位当纪委书记，天天和坏人坏事作斗争，过着忙而充实的生活，无心情也无暇管自己家里的鸡毛蒜皮。退休后，一天到晚待在家里，他既不和其他老头合群，又不喜欢遛鸟打太极，除了看报纸就开始把家里的鸡毛蒜皮放大，自己给自己找事儿干：比如说妈妈扒白菜皮多了一层，他说这是浪费，是不会过日子，是极大的犯罪；比如妈妈看电视剧掉眼泪，他说这是假慈悲，分不清是非观念；又比如我和妻子儿子星期天回家和他们欢聚，他说我们不知道孝敬老人，没事不回家，回家吃饭就走，走后多少天也不知往家里打电话……

妈妈的电话让我哭笑不得，为些鸡毛蒜皮的事我劝不得她，也不好批评爸爸，再说我也不敢批评他，就他现在这脾气，我只要把话说得深了一点，他就会和我断了父子关系。

最后，还是我妻子的一句话提醒了我："咱爸当了一辈子的纪委书记，有一肚子和坏人坏事作斗争的好故事，你要能让他讲给你听，你以后就有东西写了。"我立刻豁然开朗：我让他写下来不是更好？所以我就抱着淘汰下来的那台386电脑兴冲冲地找到爸爸。起初，爸爸见我送他个破电脑，还说我是见不得他闲，成心想累坏他。再说他岁数大了，想学电脑也不容易会。我就严肃起来，用党委书记找他谈话的口气说："我三天就可以教会你写打字……现在，你一肚子惩治腐败的妙方良策，如果你能发挥余热把它们都写下来，发表出来，即可以教育广大党员干部，也是为我们的国家做了了不得的贡献呀。"爸爸心动了，他似乎是不情愿地收下了电脑。

有一天，我正在写一个中篇小说，爸爸打来了电话："看今天的晚报了吗？"听我说没看，他下命令地对我说，"马上去看，第六版。等会告诉我感想。"说着爸爸放下了电话。

我赶忙找出刚送来的晚报，翻到第六版。呀，我看到了爸爸写的文章。我高兴地细细地读了一遍。读完，我马上给爸爸去了电话，我得鼓励他："爸爸，太好了，您不愧干了一辈子纪委。"

"哈哈哈，"爸爸爽朗地笑着，"比你写得如何？"

"比我写得……"涉及到我这儿，我就得说实话了，"比我还差那么一丁点。"

"哼！我就知道你不服气。"爸爸说，"好了，今晚上领着老婆孩子到我这儿，我请客。"

吃饭喝酒时，爸爸问我："这上网怎么回事，我得上网。"

我说，那你得换电脑，这台机器不能用。

"那以后再说吧，我这老伴我刚用顺手了，和我也有感情了……再说浪费是极大的犯罪。这可是毛主席他老人家说的。"爸爸很认真地对我们说。

旁边的妈妈偷偷地朝我笑着。

想不到的嗜好

我敢肯定，凡是男人就有点嗜好。我的嗜好是闲着没事喝点小酒。

最近，我家在“金都花园”买了大面积的商品房，乔迁之时，我招呼着几个朋友到家里“温锅”。吃到半路，我一浏览形势，赶紧偷偷地把老婆拉到一边：“酒好像快没有了，麻烦你到楼下的地下室里再给弄上几瓶。”老婆又开始皱眉：“别喝了，眼见着就是11点了。”“看看你，朋友们都高高兴兴地来了，人家可都没有空手，你要惹人家不高兴呀？”我一说这话，老婆连忙开门去地下室去拿酒。

老婆离开得挺急，回来得更快，我这一瓶啤酒还没匀开，她就气喘吁吁地跑进了门，“咣当”一声把防盗门关了个严严实实。

“鬼，鬼，鬼……可吓死我了。”老婆大呼小叫。

“鬼？什么鬼？喔？”我还认为他骂我们酒鬼。可转头一看，她的脸都没血色了，“地下室，咱家的地下室里……有人哭。”老婆的身体在哆嗦。“咱家的地下室里有人哭？”

“不会吧？什么人？”我疑惑了。

“不知道什么人，有女人，还有男人，像，像死了人在出殡。”

“啊！”我，包括在座的全都吃了一惊。“走，下去看看。”男人在一起不喝酒胆子都大，况且现在正喝到兴奋的时候。所以酒友们都站起身来，争先恐后地往外走。老婆死死地拉住我的胳膊不让我往下去，好像我一下去就有可能碎尸万段。我说:“不是在咱家的地下室吗?我不下去像话呀?再说哥们们都下去了……”我往下走,老婆也只能老老实实地随我往下去。

在一楼,即使竖起耳朵来听,也听不到一丝的声音,等来到我家的地下室门跟前时,的确有哭声隐约传来,也正如我老婆所说,像给死人出殡一样有许多男人和许多女人在哭,这哭声在这夜深人静的时刻出现,也真让人觉得头皮发麻,心惊胆战。我的酒友们早就没有了刚才拼酒时的威风,一个个大眼瞅小眼,一齐来看我的眼。这时候我就是再害怕也不能当熊蛋的,这是我家的地下室,我不在人多的时候弄清楚了,以后还怎么再进这个地下室?咱小老百姓一个,买块商品房出了好大的血,总不能刚搬来再搬走吧。我恶狠狠地甩开紧紧抱我胳膊的老婆,像烈士赴刑场那样壮烈地去用颤抖的钥匙捅开了地下室的门上的锁,然后一脚踹开了门。地下室里除了我喜欢的那些白酒和啤酒,再就一无所有。没有我们想象中的那群男女。酒友们也来了本事,一拥而进我家的地下室。再侧耳听听,哭声依旧在,当然不是从我家的地下室里发出来的。我们都松了一口气。那么,这哭声是从哪里传来的?我们好奇心剧增,像猎狗那样悄声地这里嗅嗅那里闻闻,突然,有酒友在挤眉弄眼,我们一家伙明白了,这哭声是从我家隔壁的509号地下室里传来的。这次可是千真万确,他家的地下室门没有锁,把耳朵趴到门上,惊了一个跟头。有酒友跃跃欲试地要上前踹门,还有人悄声说,给110打电话吧,都被我及时地阻拦住了。我说:“你们在门口堵着,我去叫人家主人,万一……”我说完后,就三步并作两步,跑上楼去,去按509的门铃。许久,509的女主人才睡眼惺忪地问:“谁,什么事?”看样子,他们睡觉已经有时候了。

我连忙说:“大嫂,我是508房的,你快叫我大哥起来。”

“啥事儿?你大哥他……不在家。”

“嘿,这可咋办?”我难为了,我怕我把详情告诉大嫂后,她要经受不住。

“啥事兄弟,咱是邻居,你有难事你就说,大嫂能帮上忙的决不推辞。”

大嫂已经穿好衣服,打开了防盗门。

这时候,我只有把实情告诉她了:“大嫂,你可不要害怕,下边我还有许多哥们在帮忙……你,你家的地下室开着门,里,里面有人哭,许多人在哭,你敢下去看……”

“我家的地下室……”大嫂一愣,然后她登地火了,破口大骂,“……你说他咋就狗改不了吃屎?这次我可再不让他了,非和他离婚不可。”大嫂说着也不顾我愣怔,带头往楼下的地下室去。

大嫂来到她家的地下室门前,上去就把门踹开了,里面的哭声戛然而止,随之,地下室里的灯也被打开了,我们分明看到 509 大哥一个人笑嘻嘻地坐在里面,他的手里握着一个笛子般的竹竿。

“畜牲,这次我非和你离婚……你想走到哪儿都把人吓个好歹?你怎么千不好万不好,偏偏爱好这?”大嫂竟然掉眼泪了。

509 大哥站起来:“你看看你,看看你,咱不就这么点嗜好?没影响人呀——这地下室里声音也传不上去——再说,我吹得也不孬呀。”

我在心里说,就是因为你吹得太像了,才让人害怕的。

这时,我老婆小声对我说:“还是你的嗜好好。”我一梗脖子,赞许地朝她点点头。

第 六 辑

炸响需要的是引信

炸响需要的是引信 / 局长家的旧家具 / 我是一个傻贼 / 市长手里的假币 /
乡长之死 / 鬼警察的故事 / 如此增效 / 单眼皮的儿子 / 去岳父家祝寿

炸响需要的是引信

在车站旁边的超市里，我与慕名已久的文友祁烽见面了。祁烽高兴地握着我的手说："林火，终于见到你了，呵呵，你很胖呀，该减肥了。"我笑笑："胖不好吗？说实话，因为胖，我可是得到好多好处的。""我知道，我看过你写的那篇关于胖子的大作，胖是富态胖是官相，哈哈……咱就在这里的快餐厅喝点怎样？你坐车走也方、方便。"神采奕奕的祁烽正愉快地说着，突然间声音低了下来，头也不自觉地向右扭去。我觉出了诧异，正要问情况，祁烽低低的声音对我说："对不起，等一下，我们局长在……"哦，我明白了，官身不自由呀，我的眼睛向左边看去，果然看到一个高大胖壮的男子和一个美丽的女孩由我们的身边向超市的深处走。

祁烽拉着我来到超市快餐厅的一个不显眼的位置上坐下，我知道他的心思，但也只能客随主便。我问："他领着的那是谁？小蜜吗？""啊，是，是他的女儿。"祁烽变得结巴起来，脸也莫名其妙地红起来。我在心里偷着笑，嘴上说："你们这局长为人怎么样？对你好吗？""还可以吧。"祁烽说，"他不太满意我写小说，其实是为我好，我一来稿费，我们局里的那帮人恨不能吃了我。""哦，对你好，那就算了吧。来，咱喝酒，他如果对你不敬，我还想替你整治一下呢。"我满不在乎地说。"你怎么整治他？对我不会……"祁烽拉着我的手，又问。

"我不是本地人，他又不知道我们认识，对你什么危害也构不成！你唯一可以得到的就是解解气，怎么样？想让我替你出气吗？放心……给我他的姓名和……”我用眼神鼓励他。

祁烽紧张地看着我，一霎，他镇定了下来，微微一笑，然后，掏出笔，在一张餐纸上写起来。写好，他从桌子上推给我，我偏着头看看，最后说：“撕了吧。”又问：“他贪心吗？”祁烽摇摇头，使劲地摇摇头。喔，看样子不是贪官。这样就得准备两套方案。我站起来，也向超市的深处走去。

我找到了祁烽的那个局长。他正在和他的女儿端详一条裙子。我急匆匆地赶过去：“柳克敬，柳克敬。”柳局长朝我转过了胖脸：“你是……”“你不认识我了？好你个柳克敬！连我这个同班同学也不记得了？”我故作惊讶。“你是……”他一手提着那个真皮皮包，一手疑惑地握住我的手。他不疑惑是不正常的，我们就是第一次见面吗。

“据说当正局长了？呵呵……本打算到府上去叨扰，可是……这是我给我嫂子的一点心意，请您……”我把左手里准备的一个装衣袋递向他提皮包的左手。这是祁烽送我的礼物，我也豁出去了。

“对不起，对不起……”柳局长扭捏着身体，左手挥着皮包躲藏着我。

“怎么？您嫌弃少？”我故作不高兴了。

“恕我眼拙，请您报个姓吧。我觉得您面熟，可是……哈哈，哈哈。”柳局长对我这个大胖子果然不敢轻视。

“认不认得我是你的事情，反正我给她的礼物您可要捎到。”我利索地把手里的装衣袋使劲塞进柳局长拿皮包的左手，然后挥手转身再见。但是，还没有等我离开十步，柳局长的女儿拿着我丢下的装衣袋撵上我，并把装衣袋塞进我的怀里：“谢谢您，叔叔，可是，我们是不随便收别人的礼物的。”

哈哈，还真是不贪心的干部。我这样胖的人给他东西他都不接受，看来，此人不错。想一想，有一次，我曾经在超市里送一个领导同志一包瓜子皮和干果皮混合的垃圾，人家二话没说就收下了。不过，说实话，这个柳局长没有收我送的衣服也是逃过一劫，因为我在衣服里塞进了一包没有付款的小食品，他走到门口后，防盗警报肯定会鸣叫，那样，他可就要丢大人了。

我走到快餐厅和祁烽告别，我告诉祁烽：实在说，不贪心的人是难以取笑的。我要坐的车马上到时间了，我只好和亲爱的文友告别。

刚进家门，我就接到祁烽的电话："……你太厉害了，我们柳局长给抓起来了。他到底也没有走出超市的门……乖乖，他那个皮包里光四百元的购物卡就有将近 100 张……这么多还不是贪官是什么？当时就有人给报了 110 和反贪局……"

哦，我想起来了，我的第二步方案就是把一个食品袋上的没有算账付款的条形码粘在他的皮包底上。我仅仅是想让他出一下丑的，嘿，谁能想到……

"看来，贪官的周围布满了无数的、用各种原料制造的炸弹。"我感慨地说，"有个适当的引信就能爆炸呀。"真是奇怪了，就在我说话的同时，我仿佛看到一棵棵没有引信的炸弹正在往一个高大的阴影处汇集。

局长家的旧家具

一个男人要想进步，最关键的是什么？

马永攀说：机遇。

现在又有一个很重要的机遇摆在马永攀的跟前：葛局长家要装修。

马永攀曾经丧失过一个机遇。那还是在三年前。葛局长买了新房子，乔迁时，办公室的梁主任到各科室招呼人帮忙抬家具。马永攀那时还在安全科当科员。可巧，梁主任招呼人时，安全科的其他人都出去处理车辆肇事了，就马永攀一人在家守门。这样，马永攀就很意外地被唤去，和另外四个人帮葛局长往新房抬新买的家具。新家具安置好，葛局长吩咐梁主任找个收旧家具的。梁主任一脸的惊诧："葛局长，这样好的家具您也舍得卖？"葛局长笑笑说："旧的不去新的不来，房子还是小了，没闲地方放了。"梁主任连忙说："葛局长，也是我们六个人幸运，您用过的家具可是有文物价值的，我们可不能让肥水流到外人家的田，这些家具我们几个分了，正好留做纪念。我这就粗略估估价钱，您可别指望卖给我们这些人，还得到好价钱。"葛局长大度地说："都拉走都拉走，算我付你们工钱了。"一句话，在场的人都愉快地笑了。接着，葛局长回家休息，梁主任招呼五个人分东西。没想到，梁主任把这堆旧家具估得价钱很高，不是一般的高，基本是这堆旧家具原值的三至五倍。马永攀的眼都瞪圆了：这梁主任想干什么？兄弟们辛辛苦苦帮着出臭力气，烟不抽他葛局长一支，酒没有喝他葛局长一口，最后还要买一堆丢都没处丢的破家具？窝火归窝火，看到梁主任和其他四人都欢天喜地地往自己家运大件，自己一件不买似乎面子上也不太好看，于是咬着牙根，去银行提了2000元钱，买回了四个小方凳。往家里运这四个小凳时，马永攀还垂头丧气地想：完了，今晚上准备接受老婆的审判吧。以前，自己多花了5分钱买回家10斤土豆，老婆都骂他个狗血喷头，现在他花了2000元钱买回家四个小凳，老婆还不得把他生吞活咽了？

老婆果然没有放过他，老婆恨铁不成钢地骂他："你怎么这样笨？就我们这号人家，送礼给局长能送上吗？你想进步？不……你……我……"

老婆骂得真是有理呀，半月后，马永攀等帮葛局长搬家的六人都被局党委提拔了：梁主任成了梁副局长，其他四人，科员的成了副科长，副主任的成了主任，就他马永攀差一些，上调到办公室管理小车及分发福利，干办公室副主任的活，但不享受副主任的待遇。不过即使不享受副主任的待遇，马永攀也是很兴奋的，新工作油水大着呢。这时，马永攀才真正地后悔：悔不该当初不拿出10000元钱，如果买那套旧柜子就好了，那这次起码也是副主任了吧？

机遇对于马永攀这样的有心人，从来都不出现失不再来的后果，这不，葛局长的房子终于要装修了。一听说这个好消息，马永攀就去了银行，提出100张崭新的百元币，包好放在口袋里，时刻准备着再次去帮葛局长运旧家具。然而，左等右盼，等来的结果竟然是葛局长雇了一群民工搬运队。马永攀一愣，有些丈二和尚摸不着头脑了。前思后想，觉得也许是葛局长这次改变了做法，兴许梁副局长等早就把贺礼送去了……这样自己还傻等什么，索性就揣着钱去了葛局长的家吧。

来到葛局长的家门口，可巧碰见葛局长在和收旧家具的砍价。来得正是时候，马永攀高兴得一蹦三尺高，腾云驾雾般来到他们跟前，学着原来梁主任的口吻说："葛局长，您这是干啥？您用过的东西可是有收藏价值呀，别卖了，我都……"他说着，急赤白脸地阻止收旧家具的装车。

"呵呵，是小马来了。"葛局长笑容满面地说，"这些破烂我们都讲好价钱了，你就不要再拦着了，让他拉走吧。"

"葛局长，我是真心实意地想……"马永攀赶紧表忠心。

"我知道，我都知道。"葛局长笑得更灿烂。

"您给我留着一些？"马永攀眼睁睁看着收旧家具的把葛局长家的旧家具拉走，自作多情地问。

葛局长微笑地摇摇头。

马永攀急了，一刹那，失望的连说话的语气都变得发颤："葛局长，您……"

"小马呀，你是个比较实在的同志，我很喜欢你，可惜呀，可惜我发现得太晚了。"葛局长说得发自肺腑、语重心长，"我不能让你吃大亏呀……"

"局长，我不怕吃亏，您就……"马永攀急得汗流满面，"求求您了……"

"咳……"葛局长打了个咳声，"小马，说实话，我是真不忍心卖给你呀，可……你以后可不准骂我……那边还有一张写字台，你搬走吧。"

"我谢您还来不及呢。"马永攀欢天喜地地把10000元钱掏出来，往葛局长的口袋里一塞，转头就走，任凭葛局长在身后千唤万呼也不回头。

马永攀喜冲冲地把写字台运回家，他高兴的心情无法形容，心想，这一次，他可应该当大官了吧。他喜滋滋地瞅着葛局长卖给他的这张旧写字台，就好像在打量一堆闪闪发亮的金子。过了一会儿，他把这张写字台靠到墙根，他决定自己以后就用这张写字台看书读报，也沾沾葛局长的官气，想着他就把一些纸笔往写字台的抽屉里放。抽屉的底层铺着一张沾有油渍的画报纸，马永攀掀起这张画报纸，接着他大吃一惊：抽屉里有一张两万元的无记名存折。

这时候，马永攀的老婆回来了，马永攀赶紧向她汇报。老婆点着他的鼻尖说："你要笨死呀，快给葛局长送去，这可是表忠心的最佳时候。"老婆的话让马永攀茅塞顿开，他连忙装好存折，屁颠颠地往葛局长家跑。

到了葛局长家，还没等他把存折掏出来，葛局长就说："嗬，这么快就把信息搞到手了？我也不想瞒你，前天我接到了调令，是要去市工会当副主席……我刚才不想把旧家具卖给你，是因为我姓葛的再缺德也不会干损人利己的事情，这是作官，不，是作人的本分。好了，你把写字台给我送回来，我这就退钱给你。"

"啊……"马永攀一惊，脊梁上泛出一层冷汗，他把已经伸进口袋里的手迅速地抽了出来，好久好久他才镇静下来："葛局长，您小瞧我姓马的了……您是个好官，我就是来给您送行的！"

我是一个傻贼

我是一个优秀的小偷，业务熟、技术精自不必说，最关键的是热爱学习，注重科学和与时俱进的精神。现在我可以大言不惭地说，不管是多么奇巧的锁具,我都能在半个小时内打开。再有一点,是我特别注重细节,眼睛雪亮,不会被一些表面的现象所迷惑。

前些日子我去破产的纺织公司的那栋危楼展业。利用一天半的时间,我大体搞清了我需要了解的东西,比如这栋楼建筑于上世纪 60 年代,每户的建筑面积是 32 平方, 36 户住户现在有 30 户是下岗工人。按说这样的穷地方引不起我们小偷的注意,但是我工作时最相信直觉,刚见到这栋楼时,直觉就告诉我,这栋楼里有我需要的东西,并且它在向我招手。在以后的观察中我发现,虽然这栋楼里住的下岗工人居多,但几乎家家都装着各种各样的防盗门。唯一还在使用原来木制门的是顶层的最西边那户, 60 年代制作的木制门很单薄,估计使点劲两脚就可以踹开,锁具更是一般,有铁丝的话,我肯定能在 分钟内打开。根据以往的工作经验,这样的住户一般不会富裕,我的许多同行都懒得动手。但是这家住户的一些反常举动又让我不得不留意。这家住户从来不在这里居住,但是却装着住人的样子,每天傍晚,都有一个拾垃圾的老头,来到顶层的最西边这户住户门口,把木制门门缝上插着的广告或宣传品一一揪下来拿走。拾垃圾的老头告诉我,这活是一个大白胖子雇他干的,每月 50 元钱。行了,我明白了,这家住户肯定不会让我白受累。

晚上一时,我顺利地进了这家住户。

进屋后,按亮手电我大吃一惊,幸亏我的心脏健康,否则我就没命了,因为我简直就是一脚踏进了阿里巴巴的藏宝库。我敢打赌,现代人所需要的东西这里应有尽有,当然最多的是一沓一沓的现金及各个超市的购物卡,还有就是烟酒茶、字画、手表、摄像机、手提电脑、衣服之类。在屋子里越看我越是胆战心惊,刹那间惊出的冷汗流遍我的全身。不用细想傻子也知道,我无意中走进了一个大官受贿的储藏库。这家伙能想到把宝贝藏到下岗职工住的家属楼里说明他非常有心计,至少明白三十六计什么的,也对《空城计》之类的有研究,只是他不该把这么多东西用一扇木制门把守着,这栋楼家家装有防盗门,把这扇木制门换成防盗门不过分呀。这是藏宝者的大智显愚。接着我开始考虑我该怎样办，东西多到不计其数，我想全部运走的可能性微乎其微，而且即使全部运走我也没有地方存放，我觉得最好的办法，是让这地方直接变成我的藏宝库，我什么时候需要钱了，就直接到这儿取。当然，不能让放钱的家伙发现暴露目标，那样他会把这些宝贝及时转移走。可是，我一次拿多少东西离开，才不会引起这家伙的觉醒？……我说实话，仅仅最后一个问号就把我难住了，眼见天快亮了，我才咬着牙把一沓钱、两个购物卡揣了口袋里准备离开藏宝库。在锁门时，我瞅着木制门，又是一阵阵地担心，这样的门怎么能藏住宝？拾垃圾的老头也可以轻而易举地进来呀。这个藏宝的家伙太没有警惕性了。

在往自己的住所走的路上，我想到了一个好主意，藏宝库里有摄像机，我把藏宝库安装上针式监控器不是就可以掌握藏宝者的一举一动了吗？另外，我也可以有的放矢，真有其他偷盗者破门而入，我也可以及早防范。于是，一个白天我都没有顾上休息，抓紧学习了一大新技术，晚上，我早早去了藏宝库，把一个针式监控器安装完毕。

科技真是不用不知道，一用真奇妙。监控器安装上一个月，我就知道了藏宝者的身份，他竟然是我们这个城市的市长大人，每搁三四天的凌晨三点，他都要用和我一样的行动来藏宝库一趟，只不过他进屋是用钥匙，来一趟的目的就是放钱或放东西。他一直也没有发现我经常到他的藏宝库作客。

眼看着藏宝库的钱和东西越来越多，我对木制门的担心一天胜似一天，休息时，我几乎睡不好觉，好不容易睡过去了，又开始做噩梦，不是木制门被拾垃圾的老头一脚踹开，就是被一个蒙面大盗轻轻地拽开，等我发现情况不妙急三火四赶过去时，藏宝库里早已空空如也。

必须立即给藏宝库换上防盗门，否则，我就会急出精神病。市长大人工作忙，没有时间办这事，再说，他也不便出头，只好麻烦我老人家亲自办理了。

我是小偷，我当然知道什么样的防盗门最让我的同行憷头。我从藏宝库里取出了一沓钱，购买了市场上最先进的指纹防盗门。在伪装过房间后，在傍晚的时候，我花高薪聘请几名技术工人，用豪华防盗门换下了那扇让人担惊受怕的木制门。随后去了市长吃饭的宾馆，把一个信封交给总台服务员，我告诉她，必须亲手交给市长大人。

信封里装着一封我给市长大人的信，我告诉他新式防盗门使用的办法及更换新式防盗门的目的和意义。另外，我还给他吃上了一颗定心丸，首先，我永远不会出卖他；其次，我决不会贪得无厌，所以希望我们今后会愉快相处……

以后，我才知道我是多么的傻，我安装的新式防盗门太高级、太豪华、太引人注目了，主要也是楼太旧，都是危楼了，门和楼的反差太大，加之房屋从来也没有人居住，所以……

我和市长大人都进了监狱。

市长手里的假币

马市长的一个小动作把我吓得屁滚尿流。

刚才，我笑得很灿烂，有顺利完成任务的舒心和对事业前景的信心。因为马市长几乎没有太客套，就接下了我送来的那几沓人民币。马市长对我笑得很慈祥，我知道，他对自己以前的劳动所得还是很满意的。

和马市长讲了几句家常话，天就黑下来了。马市长说："今晚上我想请你吃饭。"

市长请吃饭，好事呀。我赶紧做出受宠若惊的样子。马市长说："我请你可不是要吃什么山珍海味，这次咱去个小饭馆，吃狗肉。你可要珍惜机会哟，这次可是我自己花钱。”马市长说着，还朝我挤了下眼，很知心朋友一样。

我很开心，真就和马市长很知心朋友一样，又活像几个月没有到饭店吃喝一样：“那就狠狠地大吃你一顿。您可要带足钱。”我呈现在马市长眼前的就是一个等待着吃大户的形象。

“走，咱走。”马市长说着，随手拉开了抽屉，从我送他的那些钱里抽出了几张。

立刻，我活像被人冷不丁揍了一老拳一样地懵了。我能不懵吗？我送给马市长的那些钱全部是假币。妈的，我上林火那个作家的当了。林火那家伙写小说，说成功人士有不带钥匙、不带名片、不带手机、不带钱什么的“四不带”，还说，成功人士用不着花钱，在成功人士手里，真钱也好假钱也罢，性质是一样的，主要是他们收了钱，会有一个帮着干事的好心情。我认真想想也对，我平时就不用带钱，况且马市长这些比我更成功的人士了。说实话，去年给这些领导送礼，我送的就是假币，一直到现在都是风平浪静。可是今天……马市长这是在抽哪阵风呀？不行，决不能让马市长花这些假币，否则，我死后还能有葬身之地呀？

“马市长，还是去大饭店吧，小饭馆不安全不卫生，还……我请您，我请您。”

马市长一听我的话，马上把眼珠子横着甩在我的胖脸上。我的胖脸上瞬间洗起了桑拿浴，连忙把头点成鸡啄米。

出门时，马市长要我的轿车钥匙，我还在犹豫，马市长说：“我给你当司机你觉得不满意？那你给我当司机，把我带到我想去的那家小饭店吧。”

嘿！他不告诉地址，咱哪里会知道市长大人要吃哪家的狗肉？我只好把车钥匙双手奉上。马市长很灵巧地把车开到灯火通明的街道上。我的心里打鼓一样，我猜不到今晚会有多么糟糕的结局。

马市长带我来到的饭店的确是小，它坐落在市郊。不知什么原因，客人很少，老板、厨师还有老板娘正围在一台放影碟的电脑说笑，见我们两人进屋，很热情地招呼我们。这里居然还有雅座。我还没有说话，心里还在忐忑的时候，马市长已经张口点了几个菜。好像是常来的样子。

在雅座里吃着狗肉，和兴致勃勃的马市长说着他比较喜欢的话。我的精力一直难以集中，但我极力地迎合着马市长，我不能让他看出我心不在焉。几年来，我上了林火那家伙的当，也像成功人士那样口袋里不再装钱。再说，即使装钱又能改变什么？我真害怕，结账时，如果老板发现马市长手里的假币，我该怎么办？

我都不知我吃了些什么，喝了些什么，关键的时刻终于来临了。马市长招呼老板过来结账。我的心里砰砰跳着，目不转睛地看着他们。

马市长很严肃地问价钱，老板笑嘻嘻地说："应该92元，给90吧。"马市长面向我说："看看，便宜吧。"说着从口袋里摸出一张假币递过去。

我屏住了呼吸，心脏也暂时停止了跳动。我目不转睛地看着老板的手。我清楚地看到他的手一悸，然后见他下意识地低头瞅手中的那张假币。接着，他笑着张开口说话了。呀，我恨不能扑上去堵住他的嘴。

"哦，这是找您的十元钱。"老板说着，欢天喜地地退出了雅间。

哦，我的老天，这个老板真是个善良的人，他救了我，以后我肯定好好地报答他。

我是个知恩必报的人。送马市长回家后，我回家取了5000元钱，又回到了那个狗肉馆。老板领着他的厨师还在摆弄电脑。我上前去，对老板说："把我老板给您的那张假币给我。您是个好人，我不能让您吃亏。"

老板笑笑说："马市长能赏脸到我这里吃饭，我高兴还来不及呢。况且还给我张纸片做纪念。"见我疑惑，老板很爽朗地笑着，咱新闻天天看，怎么能不认识父母官？马市长到我这里吃饭就是给我作广告，我敢说，以后我这儿会很快兴隆起来的。他朝我一指旁边的电脑，我立刻看到了马市长的一个特写：微笑地咀嚼着一块烂透的狗肉。

"我这里红火了，一定会付马市长广告费的。"老板满脸的红光。

哈哈哈，林火太伟大了。我在心里叫，原来成功人士手里的假币也和真币一样地有价值呀。

乡长之死

牛头岭乡的民间流传着一首顺口溜："要想穷，盖大棚；要想赔，搞蛇蜕。"这两句话说的是乡长高翔大带领全乡农民发展经济奔小康的故事。两年两个项目搞下来，牛头岭乡的农民更穷了，全乡几乎一半的家庭都开始和银行打交道了——添有贷款了。现在，全乡的老百姓都恨高乡长恨得牙根痒痒，公开地骂他是"两赔乡长"。

高翔大觉得自己真冤呀，说实话，他是做梦都想把牛头岭乡的经济搞上去，可是农民的素质太低，关键时候不听吆喝，比如盖大棚，说好让他们种草莓，可农民们说草莓是地头沟角长的东西，不顶吃不解渴，傻瓜才稀罕，私下瞒着他种上了蔬菜，结果让定草莓合同的客户告到了法院；至于说他鼓动的搞蛇蜕，更是让人哭笑不得……最让高乡长愁的是，他现在已经没法工作了，不管他布置什么工作，人们都不分青红皂白地骂："你想当'三赔乡长'呀。"最关键是他说往西，农民们偏往东去，一心和他对着干。春天时，高乡长发现有些村的学校教室是危房，便布置维修。可是夏天到了一看，各村的教室都没有维修，倒是盖了几栋土地庙。这真把高乡长气疯了，立马带人去了危房比较严重的牛尾村小学。

这天正好在下大雨，老师们也怕教室蹋了，早早让学生们放学回了家。

高乡长说:“孩子们不能总也不上课,把他们的课桌都搬到庙里去。”他的话刚说完,一旁看热闹的村民们不答应了,一起大骂:“你算什么东西?你搞得我们都倾家荡产了,还不给我们点念头了?”

雨越下越大了。高乡长气急败坏地说:“你们想把孩子们的一生都耽误了?”说着带头冲进教室里往外搬课桌。就在这时,摇摇欲坠的教室真的倒塌了,把高乡长埋了进去。

等人们七手八脚地把高乡长从废墟里挖出来时,高翔大已经没有了呼吸。

村民们把高乡长的遗体搬进了村支部里,乡里的通讯员接过村民打来的一盆干净井水,用毛巾沾着擦高乡长身上脸上的泥土。突然,一个老头气呼呼地从后面掴了通讯员的头一巴掌:“你,你个丧良心的……”

通讯员一惊,然后胆虚地哀求道:“大爷,高乡长都已经……您就放过他吧。”

“兔崽子,你用凉水,这样……他会感冒的。”老头的眼里已经溢出了泪花。

鬼警察的故事

国柱是个很优秀的警察,他疾恶如仇。每当听说哪里出现了犯罪,他都会不顾生命危险在第一时间赶到。为此,他得到了老百姓的拥护,当然,也让一些犯罪分子恨得咬牙切齿。犯罪分子痛恨的是他们自己,他们为了俘虏更多的警察为他们服务，根据人们爱钱、好色、喜权等弱点研究制造了各种类型的“糖衣炮弹”，但这些对其他人员几乎百发百中的“炮弹”对国柱而言，却不起一点作用。这就让犯罪分子很是懵头，同时为他们的愚蠢而苦恼。最后，经多方侦察了解才知道，原来想当年国柱的爸爸就是个很优秀的警察，因为不为犯罪分子所用而被残酷地杀害了。爸爸牺牲时，国柱才16岁。以后国柱赌着气考上了警察学院，毕业后理所当然地成了犯罪分子的死对头。

对于这样的“顽固”人物，犯罪分子们是不敢掉以轻心的，况且，据内部传来消息说，国柱马上要被提拔为公安局分管刑侦的副局长，这样的人物再不利索地干掉，犯罪分子们将会受到严厉的打击。为了保护犯罪分子们的生命财产不受到威胁，许多有智慧有胆量的犯罪分子宁愿抛头颅、洒热血也愿意前仆后继地欲置国柱死地而后快。俗话说“不怕贼偷就怕贼惦记着，”终于，在付出惨重的代价后，犯罪分子们胜利了，在一次“车祸”中，即将成为公安局副局长的警察国柱牺牲了。

国柱的牺牲，对于无权无职的老百姓们来说，无疑是塌了半边天。殡葬国柱的那一天，大道上涌满了哭得一塌糊涂人们，许多人都捶胸顿足地哭喊：“国柱呀，你这样去了，以后谁还给我们伸张正义？”同时，国柱的牺牲，也是让许多人很高兴很感到鼓舞的，他们很自然地去饭店酒楼庆贺这来之不易的胜利。胜利了，美酒、美女、美元当然都得“大大地有”，所以，一时间，大案小案层出不穷。

刊登着国柱照片和事迹的报纸被许多人买回了家，恰好有一个人回家后发现，他的妻子被六个酒后的家伙糟蹋了，这男人如雷轰耳，他对着报纸上国柱的相片撕心裂肺地大叫：“国柱呀，你怎么不给我们报仇？”真是奇怪，就在他叫喊完毕，六个犯罪的家伙竟然中魔一般规规矩矩一同来到了公安局，呲着满嘴的黄牙哀求：“国局长，我们该死，我们该死，我们再也不做坏事了……”接着很诚实地交代自己犯下的种种罪行，让他们当了大官的同伙很是措手不及并没办法拯救。

这消息像太阳光一样很快照亮了每一个角落，刊登着国柱照片和事迹的报纸成了无职无权的老百姓们的法宝，他们一旦受了坏人的欺负都会对着国柱的照片呼叫，与此同时，做坏事的家伙就会自己老老实实地去公安局投案自首。自感伸张了正义的老百姓们发自肺腑地感谢已经做了鬼的国柱，他们买了烧纸和花圈，自发地去国柱的墓前祭奠，给国柱磕头，感谢国柱为民除害。

现在我们再来说已经做了鬼的原警察局长国柱，他觉得为民除害是他义不容辞的责任，对于老百姓的祭奠和磕头他觉得受用不起，于是他赶紧采取了行动，他给每一位祭奠过他的人托梦，他告诉他们，他国柱为民除害是本分，要的是名声不是祭奠。看来老百姓祭奠他的确是真心的，在梦里他们也几乎是异口同声："我们小老百姓无职无权，难道怀念一个好人，表达一下自己的心情也不行？再说我们买点烧纸也用不着几个钱，磕几个头更是不用花钱，我们有的是。"做了鬼的国柱很感激，他无话可说，他从心里怕伤害了老百姓们美好的心灵，他只有收下他们的祭奠和磕头。生活在阳间的老百姓们不知道，烧纸花成的钱在阴间很是不值钱，说句阳间的时髦话，这些钱通货膨胀，烧一卡车的纸钱也仅顶一日元，但是，一个阳间人磕给的头却值一卡车的美元。当了鬼的国柱是很富的，但他可不是为富不仁的鬼，他更是一心一意地为阳间的老百姓们伸张正义，他雇佣了许多有同情心、有正义感的鬼来为他探听情报，哪里出现冤屈，他就及时地赶过去处理。他当了真正的鬼局长。

俗话说：人群上百，形形色色。国柱雇佣的这些鬼中也有许多有私心的，他们有时候也给国柱提供假情报，有时也为了点私利故意拖延时间，更有的还借国柱的口气托梦勒索受害人。国柱整顿纪律，惩罚和开除了一些为非作歹的鬼，当然，也有一些有智慧的鬼给国柱提建议："水太清了无鱼呀。"国柱很为难。

这时候，有许多祭奠国柱的老百姓在国柱的墓前不再仅仅是烧纸钱烧花圈和磕响头了，他们还用彩纸扎了许多现代的东西：有家电，有别墅，有高级轿车。国柱接到这些东西觉得受之有愧，他惶惶地给送东西的人托梦，烧给他东西的人说：“一、这些东西在我们这花不了几个钱，我们有能力承受；二、你有了好的身体不是可以为我们更多地除害吗？三、没有钱和东西怎么会雇佣到有能力的鬼来帮助你？以后谁来为无职无权的老百姓伸张冤屈？……”听了这些话，国柱哑口无言：是呀，这些纸扎的东西在阳间几乎不值几个钱，在我们阴间可是能够干许多事情的。想到这，他不由自主地埋怨那些他帮助过但从来也没有到他的墓前祭奠的人：那些人太自私了，太没有人情味，太……

他正埋怨着，突然一个鬼飘到他的眼前，照着他肥胖的脸蛋“啪啪”就是两个耳光：“畜生，你现在的样子和阳间的贪官污吏有什么区别？”

国柱一惊，仔细一看，原来是他的爸爸——那名很早就牺牲的老警察。

如此增效

城山市要大张旗鼓地召开一次“全市工农商创新高座谈会”，并邀请了北京来的大牌记者。当记者听说该市有一个纺织厂自建厂以来一直盈利，特别是近几年在整个纺织行业不景气的情况下连创佳绩时，感到非常吃惊，连忙询问该厂厂长的增效诀窍。

“让说实话还是说假话？”厂长有些犹犹豫豫，不由自主地看看身边的市领导。市领导鼓励地点点头，他这才下定决心地说：“我们增效的主要原因是，我们的企业地处偏僻，上级部门和领导们光临得少。”

“胡说！”他的话激怒了身边的一个油头粉面的大胖子。大胖子激动得面红脖粗，“他这是恶毒攻击我们的市领导……他没有实话实说，要是说实话，我……这么说吧，以我单位为例，我们的企业之所以能由小到大地蓬勃发展，能在激烈的市场竞争中立于不败之地，完全是因为市领导和上级部门能发扬党的优良传统，经常深入到我们基层来传经送宝……”

“请问，您在什么单位任职？”记者觉得找到了闪光点，边掏采访本边问。

“我是‘金巴黎’娱乐城的总经理。”大胖子自豪地说，“这个座谈会结束后，大家将在我们的娱乐城里休息和用餐，我保证大家享受到总统级的待遇。”

单眼皮的儿子

有钱后的张大发是个特别讲究的人。不管是吃饭还是穿衣，他都要求精益求精，特别是找老婆，他也妄想学习古代的皇帝。为此，他借鉴了古今中外关于欣赏美女的定义，最后，他把自己精心制定的、对未来太太的要求及意见汇总成一份正规的材料，分发给属下，并慷慨激昂地说：“不怕花钱，但必须优秀。”

总的说，张大发的属下是一批能打胜仗、勇于克服困难的“同志”，他们真还在短短几天的时间里，为他们的老板物色到了一个让张大发比较满意的“准老婆”。有关情况如下：姓名：梅荔；性别：女；年龄：22 岁；学历：博士；

三围:34、24、34厘米;身高:175厘米;体重:52公斤;血型:A;面貌特征:大眼明媚灵动,鼻梁高挑纤细……总之,梅荔是个名副其实的基本符合张大发要求的美女。

张大发迅速地和梅荔结了婚。一年后,梅荔真还按要求给张大发顺利地生下一个儿子。张大发乐坏了,一连半月在五星级酒店请客。儿子满月这天,张大发终于有了一点闲暇,抱起了他的宝贝儿子,并细细地打量起来。朋友们猜的一点不错,张大发的确是想从儿子的脸上,发现些他和梅荔这对"郎才女貌"合作生产出的产品的优质。然而,看着儿子,张大发的心凉透了:儿子长的太糟糕了,眼睛鼻子嘴巴配合得一塌糊涂。突然,他发现他的儿子竟然是个单眼皮。

张大发气急败坏地把儿子掼在床上,把属下叫到了跟前,先每人赏两个耳光,再破口大骂:"你们怎么让她给我戴上绿帽子了?"

属下一齐目瞪口呆,同时吓出了满身的冷汗,他们一起分辨:"不会,我们带她去医院查过,她绝对是处女,而且和您结婚后她没有和一个男人接触过。"

"混蛋,你们看看我的眼,我可是双眼皮。"张大发咆哮着。

属下们真的吓坏了,他们闹不清张大发的双眼皮和戴在他头上的绿帽子是什么关系,所以,他们手脚无措地瞅着他们的老板。

"一群笨蛋。"张大发咬牙切齿地叫嚣,"梅荔也是双眼皮。你们说,我们两个双眼皮的人怎么能养出个单眼皮的儿子?"

"这——"属下全都傻眼了。

正在这时,梅荔破门而入,她悠悠地说:"我的双眼皮是在整容时割出来的。"

"你,你竟然整过容?"张大发气得浑身发抖,"那,那你告诉我,除了单眼皮,你还有哪个地方也整过?"

"这,我得慢慢和你说。"梅荔坐下来,扳着指头一五一十地告诉他,"有胸、屁股、还有……"

"你,你,难道你……你以前结过婚?"张大发的心瓦凉瓦凉的了。

"那当然了。"梅荔笑嘻嘻地从口袋里掏出一张相片，"我也不瞒你了，你看看我原来的相片就全明白了。"

张大发一看梅荔递过来的相片，他傻眼了，整容前的梅荔分明是自己的第一个妻子。

去岳父家祝寿

岳父的生日是阴历冬子月三十。这真是个好日子，正值阳历元旦前后，在城里上班的能赶上黄金周假期，在乡下种地的也恰遇农闲。但往年去岳父家祝寿，辛成都很打憷，能不去真就不去了。原因很简单，岳父家有个比试呀，大连襟柳平刚在城里上班，富呀，而势利眼的岳母每一句话，辛成都可以听出是对自己的讽刺和挖苦。

但自去年岳父的生日后，辛成就开始盼着岳父快过生日——在化肥厂上班的柳平刚夫妻两人同时下岗了——去年，当年意气风发的城里工人几乎是空着手来给岳父祝寿，吃饭的时候，也几乎一言没发。最关键的是岳母，像一个规规矩矩的妇道人一样，不再多嘴多道，只是炒菜做饭。最令辛成感动的，岳母还往自己碗里夹了一筷子糖醋鱼段。

呵，这饭吃得让辛成身心舒畅，他忍不住一次次偷偷地斜瞧小口吃菜的柳平刚。想想当年这家伙多牛呀：也不知从哪里弄的水果呀，猪肉呀，排骨什么的，十天半月地往岳父家捣鼓一次，有时遇到岳母家人不在，街门上着锁，他竟然把东西往编织袋里一装，顺着墙头摔进天井。多少次，辛成来岳父家，岳母都会把苹果、桃子之类地摆在他的跟前，还说：“吃吧，您姐夫刚送来的，吃着好，也给你娘捎家去几个。”每每，辛成都是一个脸红脖粗：咱是大老爷们，馋死能吃他们一口？！

去年岳父的生日后，辛成在回家的路上对丫惠很憧憬地说，过了年，咱骑摩托来。

丫惠有些吃惊，说，咱家刚上的猪圈，本钱都不够，还……

辛成说，我不信咱苦力地干一年，挣不上一辆摩托车！人活一张皮，也该着咱两口子露脸了。

丫惠没有再说什么，她猜到了辛成的心思。当年，大姐凤英嫁了化肥厂的工人柳平刚，父母的意思也是要让她嫁个吃商品粮的工人。但她偏偏迷上了爱好文学的辛成。还迷得神魂颠倒，起咒发誓地说：不让嫁就死，江姐对付渣滓洞的特务一般对付父母。最后当然是父母失败了。但她嫁了辛成后，日子真苦呀，苦到了辛成都不爱好文学而变成爱好养猪了。

实践证明，养猪就是比爱好文学实惠，通过一年的努力，不，实在说，也就是十多月的时间，辛成如愿以偿地买回家了一辆摩托车。摩托车先摆在家中的天井里，老婆和儿子在一旁裂着大嘴笑，还不时地摸摸铮明瓦亮的车身。辛成很严肃，技术工人一样地端详端详这儿，再偏头瞅瞅那儿，还支起车腿，一按车把的电钮，发动起车，让后车轮“嗡嗡”地空转，然后，权威一般指着排气管子对丫惠和儿子说：“燃烧得很充分。”七岁的儿子听懂一样配合着他频频点头。

今年岳父的生日，辛成让丫惠给岳父买了套新衣服，还去点心铺定制了生日糕点。

生日这天，辛成和丫惠早早地就起床了，拌弄好了猪饲料，还和邻居打过招呼，让他们在中午帮着照看一下猪。一切完毕，已经是九点半了。辛成家离岳父家有 20 多里地，原来骑自行车，是一个多钟头的路程，原来也是这时候走，到了岳父家还不到 11 点，正好帮着老人准备饭菜。现在有摩托车了，估计也就 20 分钟的路程。“早到和老人说说话。”辛成说。

说好走，这就走，把送岳父的寿礼用绳子捆扎在摩托车的后座上，然后，摩托车前踏板站上儿子，后座坐上丫惠，辛成驾驶着摩托车就轻巧地窜出村子朝岳父家开拔。

风驰电掣的感觉真好。路平车好，爽，真爽！

突然，辛成觉出了前面路面的不平，车把还扭扭捏捏地走偏。辛成赶紧刹车停下来。坏了，摩托车的前胎撒气了。

辛成心里正叫着哭，一辆三轮出租车停靠过来招揽买卖。一问价钱，竟然要20元，回回价，少了15元不中。嘿。辛成在心里说，补车胎也就2元，我如果自己动手也就5角，这15元又是5斤猪饲料。三轮出租只好恋恋不舍地走远。

谋算着岳父家还有四里多路，估计推车走也就半个小时。天还早，推着走呀。辛成的号召丫惠和儿子都响应，儿子还抢先地朝前跑。可是，辛成推起车来才知道，这憋了气的前轮根本不好好走直路。

丫惠过来帮忙，儿子也又跑了回来。也好，辛成把捆扎寿礼的绳子倒下一根，捆在摩托车的前架子上，让丫惠扶车把，他和儿子在前面拉犁一样拉。

到了，终于在预定的时间内到达岳父家，三个人满头大汗地喘着气。随后，辛成让丫惠和儿子先进屋去，他自己则翻褪前车胎：咋也得在饭前补好车胎呀。

打开一看，呀，内胎已经被碾出一条长长的口子。车胎报废了。辛成呆呆第捧着车内胎出神。

这时，一辆轿车停在门口，从车上下来的正是柳平刚两口子。

“咋了？”柳平刚友好地问。

“内胎碎了……这要多少钱？”辛成下意识地问。

“最少要50元吧。”柳平刚又从轿车的后备箱里掏出一个鼓鼓的编织袋。

啊？这可亏大了。辛成立刻觉得心被裂开一般疼。咦，不对呀，这下岗的工人什么时候买上轿车了。